Klunen

Van Kluun verschenen eerder:

Komt een vrouw bij de dokter (2003)
Help, ik heb mijn vrouw zwanger gemaakt! (2004)
De weduwnaar (2006)
Het beste van NightWriters (2007)

KLUNEN

Uitgeverij Podium
Amsterdam

Eerste druk oktober 2008
Tweede druk december 2008
Derde druk december 2008
Vierde druk juni 2009

© 2008 Kluun
Omslagontwerp Studio Jan de Boer
Typografie Sander Pinkse Boekproductie

ISBN 978 90 5759 349 9

Verspreiding voor België: Van Halewyck, Leuven

www.kluun.nl
www.uitgeverijpodium.nl

Inhoud

Vriendinnenclubjes

In *Sex and the City* worstelen Carrie, Samantha, Charlotte en Miranda met hun vriendjes, hun minnaar, hun zoekgeraakte sleutels, hun menstruatie, de klusjesman, hun haar, nou ja, met de hele boze buitenwereld, ze bepraten dat met elkaar en dat levert dan geinige tv op.

Noemt u nu eens een soortgelijke serie over een mannenclubje.

Nou?

Ik wacht wel.

Inderdaad. Die zijn er niet. Om de eenvoudige reden dat mannen in groepen helemaal niet de behoefte hebben om alles met elkaar te bespreken en dat is niet zo spannend voor een tv-serie. Mannen voetballen samen, ze gaan samen indianen uitmoorden, ze gaan samen naar de Bananenbar, maar praten zoals vrouwen dat doen? Doe normaal.

Als ik met een groep ouwe vrienden in een kroeg zit, praten we bij binnenkomst een minuut of vijf over hoe het met ons gaat, onder het motto 'dan hebben we dat ook weer gehad' en dan gaan we over tot de orde van de dag.

'Alles goed met de kleine?' (Mannen kijken wel link uit om het geslacht van het kind te noemen, laat staan de naam, voor hetzelfde geld zit je ernaast.)

'Ja, hoor, gaat goed. Bij jou?'

'Ook. En met eh... Mirjam?'

'Miranda. Goed hoor. Hé, wat een goal, hè, die tweede van Huntelaar zondag.'

Daarna kan de avond van start. En dat wordt altijd leuk, met een clubje mannen.

Bij vrouwen is dat nog maar afwachten. Het mooiste voorbeeld zijn vrijgezellenfeesten. Meestal heeft de hartsvriendin van de aanstaande bruid bedacht dat het, in navolging van de bruidegom en zijn vrienden, voor de bruid eigenlijk toch ook wel leuk is om een vrijgezellig dagje Amsterdam te doen. Vervolgens achterhaalt ze de e-mailadressen van dat leuke collegaatje van de bruid, van die oude studievriendin en van dat meisje met wie de bruid op maandag altijd fitnesst.

Iedere zaterdag zie ik ze, deze treurige colonnes vrouwen. In het ergste geval heeft de bruid een T-shirt aan waar mannen spekjes vanaf moeten eten. Dat is leuk voor in het fotoalbum. Goed, ook mannen takelen de bruidegom toe alsof hij een acteur in Disneyland is, maar die kijken er nog vrolijk bij. Vrouwelijke vrijgezellengroepjes bestaan doorgaans uit doodongelukkig kijkende, elkaar amper kennende vrouwen die rondzwalken op het Rembrandtplein, zonder enige gespreksstof, wachtend tot ze met goed fatsoen tegen elkaar kunnen zeggen dat ze zo naar huis gaan want het is morgen weer vroeg dag, de kinderen, hè. De mannelijke vrijgezellengroepjes zitten tegen die tijd in de Bananenbar aan hun zestiende bier, slaan elkaar op de schouders en ze-gaan-nog-niet-naar-huis-nog-lange-niet-nog-lange-niet.

Meisjesgroepjes verstaan de kunst van het niet-praten niet.

Mannen wel en daarom houden mannenvriendschappen zo lang stand.

Neem de Club van Acht. De Club van Acht had haar oorsprong in Breda, diep in de vorige eeuw. Acht mannen die slechts één ding gemeen hadden met elkaar: ze zaten toevallig ooit in hetzelfde jaar in dezelfde studielichting van de heao. In 1986, voor de historici onder ons. En die éne overeenkomst is, zoals het mannen betaamt, genoeg voor de eeuwige vriendschap. Zelfs als die, zoals de laatste jaren, maar één dag per jaar daadwerkelijk van kracht is, tijdens een avondje stappen in een of andere provinciestad. En denkt u dan dat Kurt op zo'n avond gaat lopen zeuren over het feit dat Marco niet eens heeft gebeld toen Kurts zoon drie maanden geleden ter wereld kwam? Zonde van de tijd. Het is, zo schreef ik al, al heel wat dat Marco weet dat Kurt een zoon heeft en geen dochter.

Vrouwen komen daar niet mee weg. Vrouwen willen zich inleven in elkaar, meeleven, op de hoogte blijven, belangstelling tonen. Ook als ze *deep inside* weten dat ze uit elkaar zijn gegroeid omdat de één kinderen kreeg en de ander niet. Omdat de één carrière maakte en de ander huisvrouw en moeder is geworden. Hetgeen vervolgens besproken wordt. En daar komt rottigheid van. Te veel interesse in elkaar is funest voor de levensduur van groepjes.

Mannen interesseert het geen biet hoe en waarom we van elkaar verschillen. Wij gaan uit van elkaars overeenkomsten, niet van elkaars verschillen.

Om elkaar tot in lengte van jaren in groepsverband te blijven zien vinden mannen het genoeg als ze één overeenkomst hebben en één gezamenlijke interesse, om zich daar samen aan te laven. De *closing parties* op Ibiza. De WK's en EK's van Oranje. Pearl Jam in Ahoy.

Of de Bananenbar.

En daarna hoeven we elkaar weer een jaar lang niet te zien of te bellen.

We zouden niet weten waar we het over zouden moeten hebben.

Vliegtuigterroristen

Vroeger, toen ik nog kinder- en (dus) zorgeloos leefde, kon ik niet begrijpen dat ouders hun baby's en peuters meenamen in het vliegtuig. Weinig erger dan na een week doorhalen in Ibiza in het vliegtuig te stappen en daar tot de ontdekking komen dat het krijsende monster, dat zich daarnet in de rij bij de incheckbalie nog twintig veilige meters achter je begaf, nu met zijn papa en mama precies op de stoelen voor je in het vliegtuig is ingedeeld.

Hoe durven mensen hun medepassagiers dat aan te doen, vroeg ik me altijd af. Ga dan gewoon naar Center Parcs of een camping in Frankrijk, zoals het hoort.

Toen ik zelf mijn eerste smurf had, werd ik al wat milder in mijn afkeer van luchtgejank. Als ik eens samen met mijn vrouw in een vliegtuig zat, lekker een weekend zonder kinderen, en er zat een stel in onze vliegtuigregionen zich dood te schamen omdat de spruit in kwestie nu al anderhalf uur een geheel eigen variant op een luchtalarm zat te geven, dan baalde ik immer nog als stro, maar als solidair collega-ouder vertrouwde ik ze steevast toe dat 'het vaak voor jezelf erger is dan voor de mensen om je heen'.

Zo kwam ik eens met de hele Kluun-familie terug uit Egypte, waar we resideerden in zo'n kindvriendelijk resort met van die schaamroodverwekkende plastic armbandjes waarmee je onbeperkt mag proberen te eten van de buffetten die al door andere, meer ervaren, families voor je zijn leeggeplunderd. In dat soort oorden huilt er continu wel ergens binnen gehoorsafstand een baby of peuter, het valt juist op als er even niemand huilt (ik ben geen groot duikfan, maar ik ben die week drie keer gaan duiken — wat zijn vissen toch heerlijk rustige wezens).

De terugvlucht was een drama. De valeriaandruppels waren niet bestand tegen drie uur vertraging op een avondvlucht. Roos, toen twee jaar oud, was des duivels. Het eerste uur ging nog. Omkooptactieken met clownkoekjes, aardbeiensap, lolly's, de walkman van mijn oudste dochter, liedjes, M&M's en voor de vierde keer het voorleesboekje van *Kleine Beer* bleken adequaat. Daarna sliep ze zowaar een half uur, op de schoot van mijn vrouw. En toen, in het luchtruim boven Roemenië, brak de pleuris uit. Onze dochter heeft meer dan twee uur (124 minuten, van Boekarest-Zuid tot Amsterdam) gejankt, gekrijst en gejammerd dat het een lieve lust was. En in de aankomsthal bij de bagagebanden nog een half uur. Ik durfde niemand aan te kijken.

Een mevrouw die waarschijnlijk helemaal voor in het vliegtuig, ver weg van Roos, had gezeten tijdens de reis, sprak ons aan. 'Ach, het is vaak...'

'Ja, ik weet het,' onderbrak ik haar wanhopig. 'Erger voor jezelf dan voor de mensen om je heen.'

Bij deze bied ik, mede namens mijn vrouw en mijn oudste dochter, onze welgemeende excuses aan voor het volume van Roos aan de mensen op de stoelen op rij 24, 25, 26, 27, 28, 29, 30, 31, 32, 33 en het voltallige cabinepersoneel van vlucht HV 457.

Ik beloof het u, onze volgende vakantie is weer met de auto.

Van leven ga je dood

Ons pa (want zo heet dat in Brabant) is een van de grootste Tilburgse filosofen aller tijden, die grote bekendheid geniet vanwege illustere wijsheden als 'Zôo oud aggij d'r ûtziet, worde toh noôt'. Ons pa werkte tot aan zijn pensioen bij een van die prachtige sigarenfabrieken die Brabant traditioneel rijk is: Agio sigarenfabrieken, of d'n Agio, om in het jargon van ons pa te blijven. Hij was er chef expeditie, hetgeen betekent dat iedereen die sigaren mee naar buiten wilde nemen eerst langs mijn vader moest om een stempel en een handtekening te bemachtigen. Ik kende de sigarenfabriek van d'n Agio van binnen en van buiten en ik genoot als ik daar aan de hand van ons pa door de immense, naar verse, pure tabak geurende magazijnen liep.

Vorig jaar kwam ik langs de mooiste sigarenzaak in Tilburg, waar ons pa me als kind weleens mee naartoe had genomen. Die grandeur! Die traditie! Die prachtige houten stellingen vol sigaren uit Cuba en uit andere delen van de wereld waar je als kind over droomde. Zo'n prachtige, ouderwetse winkel met een etalageruit waarop met sierletters de naam van de firma, sinds 1878, stond geschilderd. En wat stond er nu, op een groot, lelijk, verlicht uithangbord, recht boven de monumentale voordeur van de zaak? ROKEN IS DODELIJK. In pesterige koeienletters die tot boven in de Pagode in de Efteling te zien zijn.

ROKEN IS DODELIJK op pakjes sigaretten, op doosjes sigaren, op asbakken en boven sigarenwinkels. Het is de dictatuur van de hypocrisie: rokers bij iedere sigaar en sigaret onder hun neus wrijven dat ze dood gaan, maar er tegelijkertijd als overheid wél honderden miljoenen aan accijnzen aan verdienen.

ROKEN IS DODELIJK is bovendien nog flagrante onzin ook. Roken is niet dodelijk, roken *kan* dodelijk zijn. Net zoals autorijden dodelijk kan zijn. En vliegen. En zwemmen. En zonnen. En patatjes oorlog. En parachutespringen. En neuken. Levensgevaarlijk dat neuken. Meteen verbieden. Of hooguit buiten of in aparte ruimten achter glas. Alles wat leuk is in het leven is godverdomme dodelijk. En weet je wat het allergevaarlijkst is?

Leven.

Van leven ga je dood. Honderd procent zeker. Dat moeten ze verplicht op kraamkamers laten kledderen: van leven ga je dood.

En sinds 1 juli mogen rokers ook niet meer roken in cafés, in clubs, in feesttenten, op voetbaltribunes. Doodziek word ik van dat gedram, van die betutteling. Alles wat leuk is wordt afgenomen. Let op mijn woorden: straks mag je ook geen drugs meer gebruiken in cafés en clubs. En met al die politiecontroles tegenwoordig is het ook levensgevaarlijk om met een borrel op te rijden, voor je het weet knal je boven op zo'n alcoholfuik.

Wat ben ik blij dat ik thuis werk, dat ik een werkkamer heb waar geen bordjes hoeven te hangen dat roken dodelijk is, dat ik hier mag roken wat, wanneer en in welke hoek van de kamer ik wil, al steek ik hele dozen tegelijk op, al schrijf ik mijn hele volgende roman op een dieet van wilde havanna's en bolknakken, al rook ik mezelf de vliegende Cubaanse teringtyfus op mijn bronchiën, geen haan die er naar kucht.

Jammer alleen dat ik zelf heel mijn leven nooit een sigaret heb gerookt.

Vierenveertig

Drie jaar geleden werd ik eenenveertig. Dat kon ik nog als een incident afdoen. Het jaar erna werd ik tweeënveertig. Dat kon al bijna geen toeval meer worden genoemd. Vorig jaar werd ik drieënveertig en dit jaar ben ik zelfs vierenveertig geworden. Ik moet eraan: ik ben een structurele veertiger. Uit e-mailtjes en sms'jes van vrienden hoorde ik dat een dj op Radio 2 had gezegd dat ik al zesenveertig was. Uiteraard heb ik daar direct een team van advocaten op gezet.

Vier jaar veertiger. Ik begin het te merken, moet ik bekennen. Mijn lichaam herinnert me er met het jaar meer aan dat het geen onbeperkte houdbaarheidsdatum heeft. Het vetpercentage is steeds moeilijker te camoufleren. Mijn onderste helft, daar kom ik nog wel mee weg. Strakke broeken vormen nog altijd geen enkel probleem. Voetbalbenen. Een retegoeie kont, mag ik er van mijn vrouw Nathalie – Naat voor intimi – bij vermelden.

Boven mijn middel, daar begint de ellende. T-shirts en ultrastrakke overhemden: eigenlijk niet meer doen. Mijn romp begint op verschillende plaatsen onweerlegbaar de gebruikelijke mannelijke ouderdomsverschijnselen te vertonen. Mijn ijdelheid weerhoudt me ervan om ze exact te beschrijven, maar als uzelf in het bezit bent van een ook niet meer zo piepjong exemplaar man, dan weet u al genoeg.

Ander probleem: mijn herstelperiode. Een avond met meer dan tien bier, wijn en/of (meestal en) wodka, een uur voetballen op het Museumplein: mijn lichaam zet me onverbiddelijk met beide benen op de grond. Kon ik altijd negentig minuten lang als een wezenloze op het veld tekeergaan, nu loop ik na twintig minuten te hijgen als een paard. En kan ik na de eerste drie, vier keer voetballen in het seizoen de dagen erna amper lopen. Kon ik altijd zuipen tot ik erbij neerviel en de dag erna 's ochtends alsof er niets was gebeurd opstaan, een douche pakken en weer fris en fruitig aan de dag beginnen, tegenwoordig moet ik mijn agenda tot zeker een uur of elf, twaalf blokken als ik weet dat de avond ervoor uit de hand gaat lopen.

Naast je lichaam is er nog iets dat verandert. De omgeving. Ouder worden is net zoiets als bekender worden: zelf verander je niet, de buitenwereld gaat anders naar je kijken.

Bij lezingen op middelbare scholen geef ik het de laatste tijd na een keer of drie op om te blijven verzuchten dat ze jij in plaats van u moeten zeggen.

Op recepties en feestjes word ik steeds vaker voorgesteld aan jongens en meisjes die geboren zijn in bouwjaren als 1986 en soms zelfs 1988. (Ja, lieve kinderen, meneer van Basten, meneer Koeman, meneer Rijkaard en meneer Gullit hebben ooit zelf gevoetbald, echt waar!) Om de aandacht van míjn leeftijd af te leiden, maak ik dan vaak buitengewoon geestige opmerkingen over het geboortejaar van de twintigers in kwestie, zo van: 'Was jij nou in 2009 of 2013 geboren?'

Als ze vervelend gaan lopen doen over mijn leeftijd, heb ik mijn standaard oneliner paraat. 'Luister, kinderen: jullie zijn net melk en ik ben net wijn.'

Onzin? Uiteraard. Wishful thinking? Natuurlijk. Maar het kan me geen fuck schelen. Ik blijf T-shirts kopen, voetballen tot ik erbij neerval, de nieuwe Arctic Monkeys kopen op de dag dat-ie uitkomt, en tot het ochtendgloren dansen op Ibiza.

Wat mijn lichaam en de buitenwereld ervan vinden, moeten ze zelf weten. Mijn gevoelstemperatuur ligt nog ver beneden de veertig.

Mr. Cool

Het zal zondagochtend zo om een uur of negen zijn geweest, een uurtje na de tot in de perfectie geregisseerde climax, traditiege- trouw (niks zo belangrijk als zekerheid in het leven) getimed op het moment waarop de eerste zonnestralen van de dag de glazen koepelhal van Amnesia binnendringen.

Neef Bart spotte hem het eerste, rechts naast ons, op nog geen anderhalve meter afstand. Neef Bart wenkte mij en vriend R., en knikte met zijn hoofd naar De Man. Nee. Nee! Dit kon niet waar zijn. Was het hem echt? Nee. Of toch? Ja! Brad Pitt. Naast ons. Brad *fucking* Pitt in *very own person*. Mr. Cool, geflankeerd door een hooggehakte, blauwgejurkte, diepgedecolleteerde, niet te versmaden en nog nieter te benaderen schoonheid (behalve door Brad zelf dan, hè). Om ons heen werden meer mensen onrus- tig. Blikken staarden, monden vielen open, schouders stootten elkaar aan. Dit was 'm. Echt. Toch?

Brad — shortcut, wit hempie aan, vette pilotenzonnebril op z'n harses, nonchaslippers aan de voeten, een armvullende tat- too op een asociaal gespierde bovenarm en met al het andere wat zo'n man cooler maakt dan een of andere kutschrijver uit Amsterdam — sloeg nauwelijks acht op de blikken om hem heen. Een tien met een griffel op de schaal van *Seen it, done it, been there*, gaap. Dit moest 'm zijn, dus.

Maar ja, en dan? Hoe vraag je, op zondagmorgen om negen uur, na een nacht *party-on*, aan Brad Pitt of hij écht Brad Pitt is. '*Are you Brad Pitt?*' is een matige openingszin, daar waren we het over eens.

Neef Bart haalde diep adem. Iets over lookalikecontests en of hij die vaak won. Mr. Cool lachte en antwoordde met vet Amerikaans (zie je wel! zie je wel!) accent dat hij '*did win them sometimes, yeah...*' Hij was nog okay ook, onze Brad! We gaven hem een biertje. Hij proostte. Daarna lieten we hem met rust. Zo'n man zit natuurlijk niet op ons te wachten. En ik was tevree. De hoogtepunten die ik tot dusver in mijn namedroppingcarrière had gehad, verbleekten erbij. Op de foto met hem? Geen camera bij me. Handtekening vragen? Aan Mr. Cool? Rot op.

Dik drie uur later, in ons stulpje in de bergen (zo'n geval waarin het lijkt of je in een roman van Kluun zit) maar eens gegoogled op Brad Pitt. Nergens een foto waarop die tattoo, per slot van rekening hét bewijs, goed te zien was.

Ik weet het nog steeds niet. Maar voor het verhaal hebben neef Bart, vriend R. en ik besloten dat het hem is. Zolang niemand bewijs kan overleggen dat Brad Pitt op 24 september 2006 a) ergens anders dan op Ibiza was, b) géén bicepsvullende tribaltattoo op zijn rechterarm heeft en c) niet getooid was met stekelhaar, ga ik ervan uit dat Brad Pitt dus gewoon naast ons stond, in Amnesia, zondagochtend 24 september 2006 tussen negen en elf uur.

Een ode aan de schuttingtaal

In een tijd waarin Geert Wilders nog niet van de voorpagina is, of Rita Verdonk staat er al weer op, kan ik natuurlijk niet achterblijven: we moeten het hebben over het immigratieprobleem en de gevolgen daarvan voor onze cultuur.

Ik heb de problematiek eens grondig geanalyseerd en ik ben eruit. Het zijn niet Marokkaanse jongeren die het probleem zijn. Het zijn niet de Turkse vrouwenhandelaars. Niet de Chinese bootvluchtelingen. Niet de Ghanese illegalen, niet de Antilliaanse bolletjesslikkers, niet de Joegoslavische huurmoordenaars, niet de Russische hoeren, niet de Poolse bouwvakkers: nee, het zijn de producenten van gsm-toestellen die hard bezig zijn de grondbeginselen van onze beschaving onderuit te halen.

Ja, meneer Wilders, mevrouw Verdonk, pak uw pen en noteer: het Finse Nokia, het Koreaanse Samsung, het Japans-Noorse Sony-Ericsson, het Amerikaanse Motorola en het Duitse Siemens dreigen ons land te beroven van zijn zorgvuldig opgebouwd cultuurgoed.

Er lijkt een complot gaande om een wezenlijk element van onze prachtige taal systematisch te elimineren.

We hebben het hier over de schuttingtaal.

De prachtigste begrippen en bewoordingen die de Nederlandse taal rijk is, worden consequent genegeerd in de sms-woordenlijsten van producenten van gsm-toestellen.

Kijk in ons eigen *Kramers Woordenboek Nederlands* bij het prachtige woord 'kut' en u treft maar liefst drie uitgebreid omschreven betekenissen aan. Ik citeer: Kut I: 'vrouwelijk schaamdeel'. Nadere uitleg overbodig. Kut II: gebruikt als bijvoeglijk tropische plant (*Curcuma longa*) en die plant zelf, geelwortel, Indische saffraan

'**kur·saal** (*<Du*) (*de* (*m*) & *het*; -salen) ZN centraal gebouw in een badplaats, veelal met casino, hotel e.d.; in Nederland *kurhaus* genoemd·

kus (*de* (*m*); -sen) aanraking met de lippen als liefkozing, groet of eerbetoon

'**kus·hand** (*de*; -en), '**kus·hand·je** (*het*; -s) groet waarbij men iemand een kus toewerpt door de eigen hand te kussen, handkus

1 '**kus·sen** (kuste, h. gekust) het geven van een kus; zie ook bij *roede*

2 **kus·sen** (*<Oudfrans*) (*het*; -s) zak gevuld met zacht materiaal waarop men zit, waartegen men leunt, waarop men het hoofd legt e.d.; *op het ~ komen, zitten* een besturende functie krijgen, hebben; *kussentje* ook babbelaar (*bet 2*)

'**kus·sen·ge·vecht** (*het*; -en) het naar elkaar gooien of slaan met kussens

'**kus·sen·kast** (*de*; -en) antieke kast bewerkt met kussenvormige belegstukken

1 **kust** (*<Oudfrans*) (*de*; -en) scheiding van land en zee; *is de ~ vrij?* is alles veilig?

2 **kust** (*de*): *te ~ en te keur* zie bij *keur* (*bet 3*)

'**kust·ar·til·le·rie** [-tilla-, -tieja-] (*de* (*v*)) geschut ter verdediging van de kust

'**kust·bat·te·rij** (*de* (*v*); -en) groep bijeenbehorende stukken geschut ter kustverdediging

'**kus·ter** (*<Eng*) (*de* (*m*); -s) kustvaarder

'**kust·ge·berg·te** (*het*; -n, -s) gebergte langs de kust

'**kust·licht** (*het*; -en) licht aan de kust voor de zeeschepen

'**kust·lijn** (*de*) beloop van de kust; scheidingslijn tussen land en water

'**kust·ont·wik·ke·ling** (*de* (*v*)) verhouding tussen de lengte van de kust en de oppervlakte van een land

'**kust·streek** (*de*; -streken) strook land aan de kust

'**kust·vaar·der** (*de* (*m*); -s) zeewaardig handelsvaartuig tot 500 registerton

'**kust·vaart** (*de*) oorspr zeevaart langs de kusten; *thans* zeevaart met handelsvaartuigen tot 500 registerton, kleine handelsvaart

'**kust·ver·de·di·ging** (*de* (*v*)) **1** militaire verdediging van de zeekust van een land; **2** verdediging van de kustlijn tegen het water

'**kust·ver·lich·ting** (*de* (*v*)) vuurtorens, lichtboeien e.d. langs het water

'**kust·ver·ster·king** (*de* (*v*); -en) militaire verdedigingswerken aan de kust

'**kust·wacht** (*de*) bewaking van de kust; de gezamenlijke bewakers van de kust

'**kust·wach·ter** (*de* (*m*); -s) iem. die de kust bewaakt

'**kust·wa·te·ren** *mv* strook zee langs de kust

kut (*de*; -ten) plat vrouwelijk schaamdeel; zie ook bij ¹*dirk*; **II** *bn* plat slecht, beroerd; **III** *tsw* uitroep van ergernis, verdomme

kut- *als eerste lid in samenstellingen* plat waardeloos, ellendig, inferieur: *kutfilm, kutsmoes*

'**kut·kam·men** (*ww* & *het*) plat (het) beuzelen, zaniken, zeuren; **kut·kam·me'rij** (*de* (*v*); -en)

'**kut·smoes** (*de*; -smoezen) gemeenz doorzichtige, slappe smoes

'**kut·ten·kop** (*de* (*m*); -en) scheldwoord lastige, zeurderige vrouw

'**kut·zwa·ger** (*de* (*m*); -s) man die geslachtsgemeenschap heeft gehad met dezelfde vrouw als een genoemde andere man

kuub (*de* (*m*)) kubieke meter: *drie ~ zand*

kuur (*<Lat*) (*de*; kuren) **1** gril; **2** geneeswijze, behandeling van een ziekte; *een ~ doen* een bepaalde tijd een geneeswijze toepassen

'**kuur·oord** (*<Du*) (*het*; -en) (bad)plaats met geneeskrachtige bronnen, waar men een kuur kan doen·

kV *kilovolt*

K.V. *Köchels Verzeichnis* chronologische inventaris van de werken van W.A. Mozart door de Oostenrijkse musicoloog L.A.F. Ritter van Köchel (1800-1877)

kVA *kilovoltampère*

KVG in België: *Katholieke Vereniging voor Gehandicapten*

KVHU *Katholieke Vlaamse Hogeschooluitbreiding* Belgische sociaal-culturele organisatie

KVHV *Katholiek Vlaams Hoogstudentenverbond* Belgische studentenvereniging

KvK (en F) *Kamer van Koophandel (en Fabrieken)*

KVO *Koninklijke Vlaamse Opera*

KVP *Katholieke Volkspartij*, in 1980 opgegaan in het CDA

KVS *Koninklijke Vlaamse Schouwburg* Belgisch theatergezelschap

kW *kilowatt*

kwaad I *bn bijw* **1** slecht, verkeerd, ongunstig, gevaarlijk, schadelijk; *niet ~* vrij goed, heel aardig; *het niet ~ menen* goede bedoelingen hebben; *het te ~ krijgen* **a)** in een moeilijke of gevaarlijke toestand geraken; **b)** sterk geëmotioneerd raken; *het te ~ met iets hebben* moeilijkheden met iets hebben, zich *iets zeer aantrekken; zo goed en zo ~ als het gaat* zo goed men kan (met geringe middelen, onder ongunstige omstandigheden); *geen ~ woord over iem.* (*weten te*) *zeggen* niets slechts; *een kwade dronk (over zich) hebben* agressief en vervelend worden als men dronken is; zie ook bij *bloed, geld, reuk, trouw* (*II, bet 1*) *en vlieg;* **2** negatieve gevoelens tegenover iem. of iets koesterend, boos, vertoornd; *~ zijn op iem.*; *zich ~ maken;* **II** (*het*; kwaden) wat slecht, verkeerd, schadelijk is; slechte daad: *het ~ was al geschied; geen ~ kunnen* geen schade of nadeel veroorzaken; *geen ~ kunnen doen bij iem.* zeer bij iem. in de gunst staan; *van ~ tot erger* steeds slechter; *van twee kwaden het beste kiezen* het minst erge van twee zaken verkiezen; *ten kwade duiden* in onvriendelijke zin opvatten, kwalijk nemen; *zich van geen ~ bewust*

luizenbaantje

pen, de dupe laten worden
'lui·zen·baan·tje *(het; -s)* goedbetaalde bezigheid die weinig inspanning vereist
'lui·zen·bos *(de (m); -sen)* iem. met veel hoofdluizen; (bij uitbreiding *ook* als scheldnaam gebezigd) heel slordig en vuil persoon
'lui·zen·ei *(het; -eren)* eitje van de luis, neet
'lui·zen·jacht *(de)* het zoeken naar hoofdluizen
'lui·zen·kam *(de; -men)* stofkam
'lui·zen·le·ven·tje *(het)* fig heerlijk lui leven
'lui·zen·markt *(de; -en)* markt van oude rommel
'lui·zen·paad·je *(het; -s)* schertsend scheiding *(het 4)*
'lui·zen·poot *(de (m); -poten)* 1 eig poot van een luis; 2 gemeenz lucifer
'lui·zig *bn bijw* 1 vol luizen; 2 gemeenz ellendig, armzalig: *een ~ bestaan*
Luk. *Lukas*
'luk·ken (lukte, 1-3 *onoverg* is, 4 *overg* h. gelukt) 1 goed aflopen, slagen; *het is ons niet gelukt hem te overtuigen* we zijn er niet in geslaagd; *dat zal wel ~* dat komt wel voor elkaar, naar alle waarschijnlijkheid zal het zo gebeuren; 2 ZN slagen, succes hebben: *hij lukte voor zijn examen*; *erin ~ te* erin slagen te, erin geslaagd zijn te; 3 ZN treffen, toevallig uitkomen: *dat kon niet beter ~*; 4 ZN op een voorspoedige manier tot stand brengen; sp (een tijd) maken
'luk·raak *bn bijw* in het wilde weg: *er werden ~ klappen uitgedeeld; in het nauw gedreven gaf hij een ~ antwoord*
lul *(de (m); -len)* 1 plat penis; 2 gemeenz sukkel, onhandige onpraktische vent; *~ de behanger* (scheldnaam voor) een onhandig persoon; *lulletje lampenkatoen* of *lulletje rozenwater* slap, verlegen mannetje; *de ~ zijn* de dupe, het slachtoffer zijn; *voor ~ staan* aan bespotting bloot staan
'lul·han·nes *(de (m); -nesen)* scheldwoord slap, waardeloos persoon
'lul·koek *(de (m))* gemeenz kletskoek
'lul·len *(de. h. geluld)* gemeenz kletsen
lul·li·fi'ca·tie [-(t)sie] *(de (v); -s)* gemeenz kletskoek, onzin
'lul·lig *bn bijw* gemeenz sukkelig, onhandig; onbeduidend; (van houding of karakter) slap; gemeenz: *iets ~ vinden* iets jammer, vervelend vinden
lum'baal *(<Lat) bn* betrekking hebbend op, behorend tot het ruggenmerg; *lumbale anesthesie* verdoving door inspuiting in het ruggenmerg; *lumbaalpunctie* of *lumbale punctie* prik tussen twee lendenwervels met een holle naald tot opzuiging van de ruggenmergsvloeistof
lum·ber·jack·et ['lumba(r)dzjekkit] *(Eng) (het; -s)* wijd, warm, gekleurd jack met ritssluiting
'lu·men *(Lat) (het)* eenheid van lichtstroom (symbool: lm): de per seconde naar alle zijden uitgestraalde lichtenergie
lu·mi·nes'cen·tie [-sie] *(<Fr) (de (v))* verschijnsel dat een stof licht uitstraalt anders dan door omzet-

ting van warmte-energie, bijv. door voorafgaande bestraling met licht (fluorescentie)
lu·mi'neus *(<Fr<Lat) bn* lichtend, helder; *een ~ idee* een schitterend idee (ook ironisch)
'lum·mel *(de (m); -s)* 1 onhandige nietsnut; 2 kaartsp iem. die gedurende een spel niet meespeelt, blinde; 3 scheepv ijzeren pen die de draaibare verbinding vormt tussen de giek en de mast; 4 iem. die bij het lummelen *(bet 2)* in het midden staat; 5 *bij kleding* van knoopsgaten voorzien reepje stof bijv. aan de kraag teneinde de opgeslagen kraagpunten te verbinden of aan de mouwen teneinde deze in opgerolde toestand vast te zetten
'lum·mel·ach·tig *bn bijw* als een lummel *(bet 1)*;
'lum·mel·ach·tig·heid *(de (v))*
'lum·me·len (lummelde, h. gelummeld) 1 doelloos rondlopen, zonder ernstige bezigheid de tijd verdoen; 2 een kinderspel spelen waarbij de één een bal werpt naar een ander, terwijl iemand tussen hen in die bal moet proberen te onderscheppen; 3 kaartsp lummel *(bet 2)* zijn
'lum·me·lig *bn bijw* als een lummel *(bet 1)*
lu·nair [-'nèr] *(<Fr<Lat)*, **lu'na·risch** *(<Lat) bn* de maan betreffend, maan-
lu·na·park *(het; -en)* terrein met kermisattracties
lu'na·risch *bn = lunair*
lu'na·ri·um *(<Lat) (het; -ria)* toestel om de beweging van de maan om de aarde voor te stellen
lu·na'tiek *(<Lat) bn* 1 eig maanziek; 2 fig eigenzinnig, grillig, lichtzinnig
lunch [lun(t)sj] *(<Eng) (de (m); -en, -es)* lichte maaltijd op het midden van de dag, middagmaal
lun·chen ['lun(t)sjə(n)] *(<Eng)* (lunchte, h. geluncht) de lunch gebruiken
lunch·pak·ket ['lun(t)sj-] *(het; -ten)* meegenomen middagmaaltijd voor onderweg
lunch·pau·ze ['lun(t)sj-] *(de; -n en -s)* middagpauze op school of bedrijf tijdens welke men de lunch gebruikt
lunch·room ['lun(t)sjroem] *(quasi-Eng) (de (m); -s)* openbare gelegenheid waar men lunches, koffie, thee, gebak e.d. kan gebruiken
lu'net *(<Fr) (de; -ten)* 1 burgerlijke bouwkunst rond of halfrond gedeelte van een bouwwerk; 2 vestingbouw schans die achter open is
luns *(de; lunzen) = ²lens*
'lun·zen (lunsde, h. gelunsd) een ²lens in een as steken
lu'pi·ne *(<Lat) (de; -n)* vlinderbloemig plantengeslacht waarvan de soort met gele bloemen als veevoeder en meststof bij heideontginning gebezigd wordt *(Lupinus)*
'lu·pus *(Lat) (de (m))* huidtuberculose
'lu·ren *mv* zie bij *luur*
lurk *(de (m); -en)* zuigdot
'lur·ken (lurkte, h. gelurkt) 1 hoorbaar met kleine slokken drinken; (bij uitbreiding *ook*) onhoorbaar drinken: *aan een kop koffie ~*; 2 hoorbaar zuigen,

naamwoord: 'slecht, beroerd'. Als in 'Het gaat kut'. Kut III: 'uit-roep van ergernis'. Als in 'KUT!!!'.

Verder benoemt *Kramers* nog met naam en toenaam unieke Nederlandse begrippen als het kutkammen, kutsmoes, kutten-kop en kutzwager.

Gaan we verder met de populaire benaming van het manne-lijke geslacht, ofwel het sympathieke woord 'lul'. *Kramers Woor-denboek* kent terecht geen enkele terughoudendheid. Betekenis I volgens *Kramers*: 'penis'. Dat zagen we aankomen. Lul II: 'suk-kel, onhandige onpraktische vent'.

Zelfs creatieve Hollandse vondsten als 'lul de behanger', 'lul-letje lampenkatoen' en 'lulhannes' staan stuk voor stuk vermeld in het Nederlands woordenboek.

Ook de bezigheid die in de volksmond door de eeuwen heen wel als 'neuken' wordt aangeduid, alsmede authentiek Neder-landse woorden als 'beffen' en 'pijpen': allemaal staan ze gewoon, zoals het hoort, in *Kramers*, *Van Dale* en ieder Prisma-woorden-boek.

Waarom, meneer Nokia, Samsung en Sony, meneer Motorola of hoe u allemaal ook mag heten en waar u allemaal ook van-daan mag komen, negeert u deze woorden dan in uw voorge-programmeerde woordenlijsten als ik een sms wil versturen? Waarom krijg ik het onzinnige woord 'MEULEN' op mijn beeld-scherm, als ik toch echt 'neuken' intik? Waarom probeert u mij lafjes het betekenisloze woord JUV aan te smeren, als ik gewoon 'kut' schrijf? Waarom opteert u voor het belachelijke JUK, als u donders goed weet dat ik 'lul' bedoel? Voelt u zich te goed voor onze Hollandse kutten en lullen? Bent u vies van neukende, bef-fende en pijpende Nederlanders? Vindt u ons, Hollanders, stie-kem maar een stelletje ordinaire viespeuken met onze prachtige schuttingtaal?

Ik waarschuw u.

Als u in uw nieuwe modellen niet een normale woordenlijst voorprogrammeert, dan kom ik persoonlijk, als verzetsdaad, uw dure bedrijfspanden onderkalken met echte Hollandse schuttingtaal. En die nieuwe mobieltjes kunt u dan — om maar weer eens een fraaie, historische oud-Hollandsche uitdrukking te gebruiken — gevoeglijk in uw Duitse, Finse Japanse en Koreaanse reet steken!

Een nieuwe auto

Ik ben verslaafd aan amerikanen. Nee, niet aan Al Gore of Barack Obama, maar aan auto's. Vijftien jaar geleden kocht ik mijn eerste. Een Chevrolet Nova uit 1977. Hij was zo groot als de olietanker die in *The Day After Tomorrow* door de straten van New York cruist en verbruikte net zoveel brandstof. Het was zo ongeveer de meest onpraktische auto om in Amsterdam in te rijden. Inparkeren was schier onmogelijk, al ging dat na de aanschaf van een trekhaak een stuk eenvoudiger. Die trekhaak kwam ook van pas toen parkeerbeheer mijn auto weg moest slepen op die dag dat ik hem achteloos op de Herengracht had geparkeerd en het gevaarte een file had veroorzaakt die van de gracht tot ver buiten de stadsgrenzen reikte.

Daarna kocht ik een Chevrolet Blazer. Wellicht kent u hem: zo'n vierkant geval zoals kinderen auto's tekenen. Hij had een draaicirkel waarmee ik net de ring rond kon zonder te hoeven steken.

Dit jaar heb ik, na tien jaar trouwe dienst, mijn Chevy ingeruild. Ik zweer het, ik heb ze geprobeerd, die hybride auto's die, als ik me goed heb laten informeren, op een mengsel van regenwater en gerecyclede urine rijden. Maar ik voelde me doodongelukkig in zo'n Lexus, zo'n Toyota Prius, zo'n Honda. Ze stonden me gewoon niet, net zoals rode Crocs me niet staan, net zoals ik liever zeiknat van de regen wordt dan voor lul fiets met een gele poncho, net zoals ik principieel weiger een broek met afritsbare pijpen aan te trekken omdat ik me toevallig in een tropisch regenwoud bevind, net zoals ik nooit van mijn leven oranje klompen zal dragen als ik naar het Nederlands Elftal ga kijken.

Voor u het via via te horen krijgt, kunt u het beter van mij zelf vernemen: ik heb de meest foute aller amerikanen gekocht. Zo'n Cadillac waarin Tony Soprano rondrijdt, met een laadruimte die zo groot is dat Tony er afgehakte ledematen in kan vervoeren. Het zou me niets verbazen als er zich in de achterbak een whirlpool en een sauna bevinden — ik heb hem pas een paar maanden en ik ben nog niet zover geweest. Hij is nog onpraktischer dan zijn twee Amerikaanse voorgangers. Parkeergarages kan ik voortaan vergeten. De grachten mag ik niet meer op. De autowasstraat mist een dak als ik erin ben geweest.

Maar mijn kinderen vinden het prachtig. Ze zitten als prinsessen achterin. Zelfs het babyzitje van het verse Kluuntje kan moeiteloos tussen haar twee zusjes geplaatst worden. Met achterin genoeg ruimte voor een Bugaboo en een voorraad Pampers tot ze zindelijk is.

En stel dat Al Gore echt gelijk krijgt en we straks allemaal zwemvliezen en snorkels moeten dragen om de straat op te kunnen, dan moet je als vader je kinderen toch beschermen? Ik ben voorbereid met onze Amerikaanse ark van Noach. Als de boel hier overstroomt zitten mijn kinderen op de achterbank van onze Cadillac hoog genoeg om hun hoofdjes boven water te houden.

Betreft: sollicitatie

Mijne Heren,

Met belangstelling heb ik kennis genomen van uw advertentie in de krant, waarin u stelt een vacature te hebben bij uw firma. Uw bedrijf is mij onbekend, maar misschien bestaat u nog niet zo lang, doet u niet aan marketing of timmert u niet zo aan de weg – maar ik ben bereid kennis te maken. Toch lijkt het mij goed om, teneinde verspilling van onze kostbare tijd te voorkomen, mijn verwachtingen aan u kenbaar te maken.

Ik hoop dat uw bedrijf zich niet op een industrieterrein bevindt. Ik heb er weinig behoefte aan om iedere ochtend een half uur te moeten dringen bij de afslag en 's middags om vijf uur drie kwartier nodig te hebben om aan te sluiten bij de file naar huis. (A propos: ik neem aan dat u een beetje christelijke werktijden aanhoudt, ik hoor weleens van bedrijven waar men om half negen aanwezig dient te zijn. Ik ben op zoek naar een kantoorbaan, niet naar een krantenwijk.)
Waar ik ook niet dol op ben is als ik bij binnenkomst in uw bedrijf te woord word gestaan door iemand van een beveiligingsbedrijf. Ik heb geen trek om iedere morgen te worden getrakteerd op een behandeling alsof ik net met een vlucht uit Suri-

27

name op Schiphol ben geland. De aanwezigheid van besnorde mannen met lichtblauwe overhemden en een polyester stropdas die gestrikt is alsof er na de dienst nog een bus moet worden bestuurd, dient beperkt te blijven tot de avonduren, als ik weer thuis ben.

Ik neem aan dat u het, net als ik, ook armoedig vindt om bij de receptie een vrouw neer te planten die daar alleen zit omdat ze er beter uitziet dan de andere vrouwen in het bedrijf. U bent immers geen reclamebureau.

Wat mij eveneens treurig stemt zijn kantoortuinen gevuld met collega's die mij lastigvallen met verhalen over familiebezoek, avondvierdaagsen, musicals, voet-, hand-, soft-, korf- of paintbal, kinderziektes, bevallingen, vakantielanden waar de mensen nog zo vriendelijk zijn, *Dancing with the stars*, het weer van het komend of voorbije weekend en verhalen over Bokito. En indien in de directie-kamer een kast met voetbalbekers hangt of een ISO 9002-certificaat, kunnen we onze kennismaking het beste direct beëindigen.

Dan roken. Ik hoop niet dat u tot de bedrijven behoort waar buiten bij de entree paffende col-lega's te zien zijn. Vaak zijn het vrouwen die niet eens de moeite hebben genomen om zich fat-soenlijk te kleden, omdat ze 'verder toch met niemand in contact komen'. Blijf dan binnen. Of, beter nog, thuis.

Ergerlijker nog is een bedrijf waar vrouwen werken die, om maar zo veel mogelijk op een man te lij-ken, in krijtstrepen broekpakken rondlopen, ter-wijl u en ik weten dat een carrière in de directie er toch niet in zit omdat het wachten is op hun lastminutemoedergevoelens.

Ook weiger ik over te werken omdat mijn vrouwelijke collega's menstruatie, zwangerschapverlof,
IVF-behandelingen, bevallingen of andere vrouwen-
ziektes hebben. Ik wil nimmer, ik herhaal nimmer,
een kolvende vrouw in mijn kantoor aantreffen als
ik terugkom van koffiepauze. Als ik zoogdieren wil
zien, ga ik wel naar Artis.
Ik verwacht dat werknemers die hun kinderen mee
naar kantoor nemen omdat 'de oppas ziek was',
reeds bij de slagboom de toegang tot het bedrijf
ontzegd wordt.

Ik zal principieel weigeren om bordeelbezoeken van
het management, al dan niet met klanten, te verantwoorden als *new business*. Feestavonden waarop
artiesten optreden, gedoog ik, zolang u het maar
uit uw hoofd laat om paaldanseressen, voetbaltrai-
ners, bergbeklimmers, wedstrijdzeilers, Emile
Ratelband, Bassie en/of Adriaan, Bonnie St. Claire, Kluun of minister Verdonk uit te nodigen. Met
een skybox kan ik leven, maar ik pas ervoor uit-
sluitend bij wedstrijden tegen De Graafschap of
Heracles op te mogen draven om dan klanten van de
B-categorie te mogen entertainen.
Ik sta niet voor mezelf in als een chef mij vraagt
'of ik een vrije middag heb?' als ik om vijf uur
mijn jas aantrek. Ook weiger ik te werken onder
een chef die ooit tot de heao-Jugend heeft
behoord.
Ik zou het op prijs stellen als chefs bij uw firma
niet teamleider worden genoemd, medewerkers die
verantwoordelijk zijn voor het bestellen van de
paperclips niet officemanager en indien ik bemerk
dat collega's zich namen als purchase-, team-,
account-, product-, research & development- of

human-resourcesmanager aanmeten, zal ik mezelf
genoodzaakt zien mijn ontslagbrief onmiddellijk in
te dienen. Ik prefereer een bedrijf dat fatsoen-
lijk betaalt in plaats van mensen afscheept met
inflatoire titels.

Mochten wij tot overeenstemming komen dan wil ik
er verzekerd van zijn dat de directie het personeel nooit het idee zal geven dat het inspraak
heeft door een 'dagje op de hei' te organiseren om
te verhullen dat de directie het ook niet meer
weet. Ik weiger deel te nemen aan sessies die
onder leiding staan van een extern bureau waarvan
de eigenaar, zoals achteraf blijkt, weer een
'vrindje' van de directeur is, die de gigantische
problemen waar het bedrijf voor staat 'mooie
uitdagingen' noemt. Ik woon geen brainstormsessies
bij waarin mij wordt gevraagd 'met de benen op
tafel' 'out of the box' te denken.
Ik ga geen zandkastelen bouwen op het strand, doe
niet mee aan welke vorm van teambuilding dan ook
en zal op hei-sessies niet luisteren naar de
ideeën van collega's wier creativiteit zich
beperkt tot het dragen van blauwe pullovers en
kaki Dockers.
Concurrenten worden niet concullega's genoemd,
copieus lunchen niet 'een boterhammetje eten',
dineren heet niet vorkje prikken, omkopen niet
'mild stemmen' en golfen niet 'nèt werken' en
medewerkers die met een roze overhemd op kantoor
verschijnen zijn geen homo.

Ten slotte maak ik op voorhand graag nog de volgende afspraken: informele vrijdagmiddagborrels
waar mijn collega's hard lachen om de grappen van

hun meerderen laat ik aan me voorbijgaan, zo ook afscheidsfeestjes waar in vrouwenkledij gestoken mannen tekstvarianten zingen op liedjes als 'Ik heb een toe-toe-toeter op mijn waterscooter'. In uw advertentie heeft u het over een aantrekkelijk pakket arbeidsvoorwaarden. Het bedrag dat u daarbij vermeldt, bevreemdt mij. Ik ga er vooralsnog van uit dat dit een openingsbod is en ik zal u bij onze eerste ontmoeting een meer passend tegenaanbod doen. Ik zou het waarderen als u in dat gesprek de bedragen waarover wij onderhandelen niet telkenmale in guldens vertaalt om het nog ergens op te doen lijken.

Ik neem aan dat ik met het bovenstaande uw interesse heb gewekt. Graag zal ik mijn overige wensen uitvoerig in een persoonlijk gesprek toelichten. Liefst niet voor tienen en niet na drieën in verband met files.
Indien uw firma zelf ook geen onredelijke eisen stelt, contacteert u mij dan snel.

Hopend op een succesvolle samenwerking,

PS Ik ben een flexibel ingesteld persoon, maar weiger ten enenmale mee te werken aan psychologische tests.

Naar een idee van Christophe Vekeman. Een Vlaamse schrijver die ik u van harte kan aanbevelen omdat hij vele malen grappiger is dan Kluun. En origineler, want bij mijn weten heeft hij nog nimmer iets van mij gepikt.

Culturele verzetsdaad

Hoewel ik nu zo'n zestien jaar in Amsterdam woon, staat de Kruikezeiker, die ik bij mijn emigratie uit Tilburg cadeau kreeg van mijn ouders, nog altijd fier & prominent in onze designkeuken te pronken. Compleet met oranje-groen koord en carnavalshanger van 1978 (K-wo dè-k wèèzer waar) om zunne nek. De binnenhuisarchitecte die onze keuken ontwierp, heeft nog voorzichtig geopperd dat 'dat ding' enigszins dissoneerde tussen al het mooie industrial design, maar ik zette haar resoluut op haar plaats en zei dat als er iemand verstand had van industrie, dat ik het dan wel was, als Tilburger. Discussie gesloten. Wat zullen we nou krijgen.

Mijn vrouw komt van oorsprong uit Teteringen (als u niet weet waar dat ligt: vlak boven het Kielegat en iets ten oosten van Giegeldonck en Boemeldonck), dus die begrijpt hoe belangrijk het is om onze kinderen regelmatig in aanraking te brengen met Brabantse cultuur. Dat ze opgroeien in het luxereservaat dat Amsterdam Oud-Zuid heet, met een zwaar Kinderen voor Kinderen-accent, dat is nog tot daaraantoe, maar ze zullen godverdomme weten waar de roots van papa en mama liggen! Voor je het weet heb je een dochter die denkt dat carnaval iets is met zon, salsamuziek en veren op je kont, in plaats van in een kiel staan blauwbekken naar d'n opstoet bij −2 graden, terwijl je een halve liter Schrobbelèr naar binnen mept tegen de kou. Van school moeten we het in Amsterdam wat cultuurhistorisch besef betreft niet hebben. Hier krijgen kinderen geen vrij met carnaval. Ik hou mijn dochter dan ook ieder jaar op maandag en dinsdag met carnaval thuis van school, met het ijzersterke argument dat het hier om een culturele verzetsdaad gaat. Als ze toestaan dat kinderen het Loofhuttenfeest, Jom Kipoer, 1 mei, 5 mei, het Suikerfeest en God/Allah-weet-wat-voor-feesten mogen vieren, dan mogen wíj ze carnaval laten meemaken.

Kruikezeiker

De Vergeelde Boekenlegger

Mijn boekenkast staat er vol van: literaire klassiekers die nog ontoegankelijker bleken dan de telefoongids van Beijing. Hoe opgelucht was ik toen *De ontdekking van de hemel* in de bioscoop kwam: in een tijdsbestek van 132 minuten kon ik mooi weer meepraten op feestjes. En zo heb ik nog een meter boeken die ik ooit heb aangeschaft, op aanraden van vrienden, recensenten of andere mensen die het doorgaans toch goed met me voorhebben, en die daarna, voorzien van een optimistisch ezelsoor ergens rond bladzijde 128, in de boekenkast belandden om er nooit meer uit te komen.

Dat bracht mij op een idee. Tussen alle literaire prijzen was er vast nog wel plaats voor eentje extra: De Vergeelde Boekenlegger voor Het Meest On(uit)gelezen Boek Aller Tijden.

Ik vroeg u welke romans u nog moeilijker verteerbaar vond dan een Chinese rijsttafel voor twaalf personen. Een beerput ging open. Op basis van de door u genoemde romans ontstond een shortlist van tien Nederlandse en tien buitenlandse romans. Romans waar je met een paardengebit nog niet doorheen kwam, volgens u. Deze romans dongen op www.devergeeldeboekenlegger.nl mee naar de prestigieuze prijs voor het boek dat het vaakst on(uit)gelezen in de Nederlandse boekenkasten te vinden was.

De spelregels:

1. U mocht meerdere boeken op de shortlist aankruisen, maar ook een titel naar keuze opgeven, buiten de genomineerde boeken om: kortom, alle boeken die u ooit had aangeschaft en die

daarna alras deels of geheel ongelezen in uw boekenkast waren beland omdat ze taaier bleken dan de baard van Sinterklaas.

2. We deden niet aan van-horen-zeggen. De boeken moesten daadwerkelijk in uw bezit zijn. We dreigden ermee steekproefsgewijs de boekenkast bij u thuis te controleren.

3. We hielden het bij romans. Boeken die u en ik kochten in vlagen van studiedrift (*The Clash of Civilizations*), zweefmolenzucht (Het Tibetaans dodenboek) of interessantdoenerigheid (*Einstein — The Collected Papers*) bleven buiten mededinging.

4. Over de uitslag kon worden gecorrespondeerd, al was dat volstrekt zinloos.

Er kwamen rond de 3500 stemmen binnen. Buiten de genomineerde titels kregen ook de Bijbel, de Koran, *Pinkeltje* en de *Gouden Gids van Groot Amsterdam (2004-2005)* enkele stemmen, maar dat zijn geen romans, bij mijn weten.

En De Vergeelde Boekenlegger ging naar...

1. *De kleine vriend* – **Donna Tartt**

Tien jaar deed Donna over de opvolger van *De verborgen geschiedenis*. Recensenten waren lyrisch over het resultaat. De Bezige Bij haalde La Tartt naar Nederland, gooide er een zootje reclame tegenaan waar Unilever nog een puntje aan zou kunnen zuigen en ziedaar: het boek ging met honderdduizenden tegelijk over de toonbank. En daarna, zo blijkt, richting boekenkast, voorzien van een optimistisch ezelsoor ergens rond bladzijde 128, om er nooit meer uit te komen. *De kleine vriend* van Donna Tartt is met vlag en boekenlegger de winnaar van de titel Meest On(uit)gelezen Boek Aller Tijden.

2. *De ontdekking van de hemel* – **Harry Mulisch**

De enige Nederlandse roman in de Top 5. Sommige lezers verklaarden mij (en dus u) voor gek dat het magnum opus (zo heet dat, als je het dikste boek van je hele oeuvre hebt geschreven) van de Dante van het Leidseplein überhaupt genomineerd was. Ik weet het, ik weet het, *Dovdh* zou boven iedere discussie verheven moeten zijn. Het is briljant, als je het helemaal uitgelezen hebt, schijnt. Velen onder u kwamen niet zo ver. Harry zelf zal dat overigens worst wezen, zo schreef hij al eens.

3. *In de ban van de ring* – **J.R.R. Tolkien**

Geschreven in een tijd dat mensen nog zin hadden in een strekkende meter boek. Gelukkig hebben we nu bioscopen (en dan duurt het nóg drie keer drie uur).

4. *De slinger van Foucault* – **Umberto Eco**

Filosofisch geneuzel op de vierkante millimeter. Hier was Plato himself bij in slaap gekukeld.

5. *De Celestijnse belofte* – **James Redfield**

Inspirerend verhaal (toeval bestaat niet) verpakt in een draak van een roman. Ik vond het nog wel enigszins te pruimen, u vond dat die James Redfield wel heel strak in de zweefmolen zat.

6. *De duivelsverzen* — Salman Rushdie

7. *Max Havelaar* — Multatuli

8. *De naam van de roos* — Umberto Eco

9. *De avonden* — Gerard Reve

10. *I.M.* — Connie Palmen

11. *De asielzoeker* — Arnon Grunberg

12. *Zen en de kunst van het motoronderhoud* — Robert Pirsig

13. *Het bureau* — J.J. Voskuil

14. *Wilde zwanen* — Jung Chang

15. *Gewassen vlees* — Thomas Rosenboom

16. *De Da Vinci code* — Dan Brown

17. *De Movo Tapes* — A.F.Th.

18. *De langverwachte* — Abdelkader Benali

19. *Glamorama* — Bret Easton Ellis

20. *Van oude menschen, de dingen* (enz) — Couperus

Naast de hiervoor genoemde romans werden *Ulysses* (James Joyce), *Ilias* (Homerus), *Honderd jaar eenzaamheid* (Márquez) en het hele oeuvre van Tom Wolfe en Herman Brusselmans (hoe durft u?!?) opvallend vaak genoemd.

Commentaar op De Vergeelde Boekenlegger

Marlin Burkunk

'Als de jeugd van tegenwoordig *De Da Vinci code* al te taai vindt, wat moet er dan van onze toekomst worden?'

....

Kim

'*Weduwe voor een jaar* – John Irving. Staat al forever in de kast te vergelen. Al drie keer meeverhuisd, maar Joost mag weten waarom.'

....

Peter

'*Komt een vrouw bij de dokter* van Kluun.'

....

Remon Langezaal

'*De vriendschap* van Connie Palmen... Alsof ik door een bad met dikke blubber zwem.'

....

Kamiel

'Aan de mensen achter deze selectie: grow up, ga leven, ontwikkel een smaak die afwijkt van hamburger en cola!'

....

Marina Wiering

'Meneer Kluun, ik vind dat u nogal wat noten op uw zang hebt! In uw lijst staat *De avonden*, het enige boek met internationale allure, het enige boek met echte gevoelens en het enige boek dat geschreven is met een trefzekere, onweerlegbare stijl. Nooit overtroffen, dat wakkert de naijver aan, maar meneer Kluun, erken uw jaloezie en haal dit boek uit uw lijst!'

Peter Huppertz
'*Motorcycle Maintenance.* Het is om boos van te worden.'

Anneke
'Ben ik nou echt de enige die *De kleine vriend* van Donna Tartt prachtig vond?'

Tineke
'*De goddelijke komedie*, van Dante Alighieri. Dat boek lacht me al jaren uit. Eindelijk wraak.'

Krisrox
'*De asielzoeker.* Zes keer geprobeerd.'

Ton
'Ik haakte zelfs bij de stripversie van *De Avonden* in *Het Parool* na een paar maanden af.'

Jozé Manshande
'*De Movo Tapes.* Ken werkelijk niemand die het heeft uitgelezen.'

Denise Miltenburg

'*De ontdekking van de hemel*: ik had de helft gelezen, vond het goed, maar het moest terug naar de bieb. Was dat een goed excuus? En *De kleine vriend* wel uitgelezen, maar wát een bevalling. Spijt heb ik er niet van, maar ik doe het niet nog eens.'

Gigi Schuiten

'*De kleine vriend*. Meestal geef ik boeken die ik niet leuk vind cadeau aan iemand die ze wel weet te waarderen, maar dit durf ik niemand aan te doen.'

Koekedoosje

'Alle boeken in de categorie *De rookspringer*, *De paardenfluisteraar* en dergelijke.'

Eva

'Ik vind niet dat *Dovdh* ook maar enigszins in dit rijtje thuis zou moeten horen. Gaat lezen dat boek! En snel een beetje. Niet piepen...'

De Contrabas, weblog over poëzie

'De lijst van door Kluuns lezers genomineerde boeken zegt iets – maar weinig moois – over de literaire reikwijdte van de beste mensen.'

Tijger & Tijger

Ik kreeg hem van mijn vriendin, op mijn zeventiende verjaardag. Tijger was de naam. Zowel van de hond als van mijn vriendin. Dat wil zeggen, mijn vriendin heette eigenlijk B., maar ik noemde haar Tijger, om redenen die ik hier niet ga noemen. Zij vond dat altijd wel een lollige koosnaam, en dus had ze de cadeauhond ook maar meteen Tijger gedoopt.

Tijger was niet zuiver, qua ras. Sterker nog, zijn hele leven hebben we gegist naar zijn achtergrond. Er zat iets van een keeshond en een Belgische herder in Tijger, maar hij was veel te klein om louter en alleen een kruising te zijn tussen een kees en een Mechelse Herder. Er is, laat ik het voorzichtig uitdrukken, door een aantal honden flink aangerotzooid om Tijger op de wereld te zetten. Ik sluit zelfs niet uit dat het beest nog iets van zeehondenbloed in zich had, want hij was gek op haring. En op drop, trouwens. Vooral op zoute drop. Dus iets Hollands moet er ook in hebben gezeten. Zijn staart krulde als die van Babe, dat schattige varken dat in die film op stap gaat in de grote stad. Maar het lijkt me sterk, dat Tijger varkensbloed in zich had, ik ken geen hond die op varkens valt.

Op mijn zeventiende verjaardag begon mijn verhouding met Tijger dus. B. bracht een doos de huiskamer binnen. Ze giechelde dat ik moest oppassen bij het openmaken. Mijn ouders zaten ernaast en grinnikten dat zij hun goedkeuring aan het cadeau hadden gegeven. Ik had geen flauw benul.

Ik kan u verzekeren dat, hoewel Tijger van meet af aan de uitstraling had dat hij nimmer een vlieg kwaad zou doen, een mens zich het apezuur schrikt als hij een doos opent waarin zich, in plaats van de verwachtte cd-speler of Play Station, een levende hond bevindt.

Eenmaal van de schrik bekomen was het liefde op het eerste gezicht. Tijger was zes weken oud, nauwelijks groter dan een marmot en keek me aan met eh... hondenogen die me leken te vragen: 'En, wat gaan we doen, samen, de rest van mijn leven?'

Onze relatie was de eerste jaren, zoals dat vaak gaat met relaties, fantastisch. We lieten elkaar uit, we renden, we knuffelden, we gaven elkaar poten, we speelden met ballen, stokken, bijtringen, schoenen en de pantoffels van mijn moeder. Mooie tijden.

En toen kwamen B. en ik in een relatiecrisis. Ik zag het niet meer zo zitten met B., en dat kwam voor een deel door C, die in de klas een plek links van mij toegewezen had gekregen. C. gaf me weliswaar geen honden, maar wel zwoele knipogen, waarvan mijn tong bijkans net zo ver uit mijn mond hing als die van Tijger wanneer hem een haring werd voorgehouden.

Op een schoolkamp in Raamsdonksveer kwam 'het' ervan en ik werd smoorverliefd op C.

De dag erna maakte ik het, met lood in de schoenen, uit met B. In de rookkelder van de school, na Duits. Althans, dat was de bedoeling. Na uren van tranen, uitleg, verwijten, verontschuldigingen, beschuldigingen, weer tranen, een 'we gaan sluiten, jongelui' van de conciërge, en wederom een rondje tranen, tranen, uitleg, verwijten, verontschuldigingen, beschuldigingen enzovoort, enzovoort buiten op het schoolplein, zei ik dat ik nu toch echt naar huis moest, want anders werd mijn moeder ongerust. Geen goeie tekst in een uitmaakgesprek, ontdekte ik onmiddellijk. Ik had geen hart, had nooit van haar gehouden en was een botte hond. Hond. Het uitspreken van dat woord deed B's gemoedstoestand op slag veranderen van woede in wanhoop. 'En da...ha...han zie...hie...hie ik Tij...hij...hij...ger ook noo...hoo... hooit meer.'

Dat had ik niet in de begroting opgenomen. Tijger. Onze Tijger. Goed, op de keper beschouwd had ik hem van haar gekregen, maar zo makkelijk ligt dat niet met een levend wezen. Die wijs je niet zomaar toe aan de rechtmatige eigenaar en je zaagt hem ook niet doormidden. En simpelweg bijbestellen, zoals ik even daarvoor had voorgesteld met onze vakantiefoto's van Renesse, gaat ook niet.

B. rook bloed. Ze had mijn zwakke punt gevonden. 'Mag ik met je mee naar huis, om Tijger nog één keer te zien,' snikte ze. Noem me een watje, maar dat brak mijn hart. Ik kon het niet over mijn hart verkrijgen haar die laatste wens te weigeren.

Thuisgekomen liet ik haar even alleen met Tijger, achter in de tuin, en ging zelf naar binnen om mijn moeder uit te leggen waarom ik zo laat voor het eten was en waarom B. met roodomrande ogen Tijger haast dood aan het knuffelen was. Terwijl mijn moeder zei dat het maar beter was en dat C. haar ook een veel leuker meisje leek, keek ik naar buiten, de tuin in, waar Tijger & Tijger nog steeds innig afscheid van elkaar stonden te nemen.

De dag erna vertelde ik C. op school dat ik toch besloten had dat het tussen ons niks kon worden en dat het bij die ene keer in Raamsdonksveer bleef.

Een prettige avond nog, meneer Snijders

'Met Kluun.'

'Goedenavond, spreek ik met de heer... Klundert?'

'Van de Klundert.'

'O, sorry, dan zal ik dat meteen even veranderen in mijn gegevens... V... a... n... de... Klundert met een d of een t, meneer Van de Klundert?'

'Allebei.'

'O, met dt.'

'Nee.'

'Wat eh... bedoelt u dan, meneer Van de Klundert?'

'Klundert met een d in het midden en een t aan het eind.'

'Eh... hahaha... ja. Juist. Een d in het midden. U maakte een grapje...'

'Nee, ik maakte geen grapje, er zit écht een d in het midden.'

'Eh... ja, meneer Van de Klundert, daar hebt u gelijk in. Waar ik voor belde: mag ik misschien vijf minuten van uw tijd?'

'Ja, maar er zijn er al twee van om.'

'Eh... inderdaad. Ik wilde u vragen of u een goede pensioenverzekering hebt, meneer Van de Klundert?'

'En u?'

'Nou, eh... dat is niet zo belangrijk in dezen, ik bel u voor úw pensioe–'

'Pardon? Niet zo belangrijk, meneer...?!'

'Snijders, maar ik beld–'

'Met lange of korte ij?'

'Lange, maar ik wilde u vr–'

'Met een e voor de ij of zonder?'

'Zonder...'

'Goed. Meneer Snijders, namens wie belt u?'

'Ik eh... bel namens Aegon, meneer Van de Klundert, en ik mag u een specia—'

'Hoelang doet u dit werk al, meneer Snijders?'

'Eh... nou, eh... een maand of drie, vier...'

'Goed. En vindt u dit werk heel erg leuk, gewoon leuk, niet leuk of helemaal niet leuk, meneer Snijders?'

'Nou, dat doet er nie—'

'Wilt u gewoon mijn vraag beantwoorden, meneer Snijders?'

'Hm... een eh... beetje leuk. Maar nu terug naar de pensioenverzekeringen...'

'Inderdaad. Kunt u mij zeggen waarom u uw pensioenverzekering niet belangrijk vindt, meneer Snijders?'

'Nou, ik vind hem heel belangrijk, en daarom bel ik u vana—'

'En bij welke firma bent u verzekerd, meneer Snijders?'

'Bij eh... ik geloof De Amersfoortse...'

'De Amersfoortse. Meneer Snijders, denkt u dat uw werkgever Aegon, als die dit hoort, hier heel grote problemen, een beetje problemen, weinig problemen of geen problemen mee heeft?'

'Ik denk eh... meneer Van de Klundert, dat... zeg, ik vind dit niet leuk, hoor.'

'O. Kunt u mij aangeven of u dit heel erg niet leuk, gewoon niet leuk, een beetje niet leuk of helemaal niet leuk vindt, meneer Snijders?'

'Ik vind dit helemaal niet leuk!'

'Ah. Kunt u mij uitleggen, meneer Snijders, waaróm u dit helemaal niet leuk vi—'

'Ja! Omdat u mij mijn werk niet laat doen. Dit is ronduit onbeschoft, ik... ik... ik ga godverdomme ophangen!'

'Nee, nee, nee, wacht u nog even, meneer Snijders, we zijn bijna klaar. Kunt u aangeven in welke mate dit gesprek u heeft beïnvloed om een normale baan te gaan zoeken, meneer Snijders? In grote mate, in kleine ma—'

'Boehoehoe, i...hi...hik sto...ho...hop hie...hie...rmee, met deze go...ho...hodverge...he...ten kutba...ha...ha...haan.'

'Fijn. Dat wilde ik even horen. Een prettige avond nog, meneer Snijders.'

Tuuttuuttuut.

Dumpen

Terwijl handelaren over de hele wereld wanhopig proberen al hun aandelen te dumpen, wil ik het hebben over iets wat nog moeilijker is.

Een partner dumpen.

Mijn kapster vertelde me vorige week in vertrouwen hoe haar vriendje haar had gedumpt en welk een buitengewoon delicaat tijdstip hij daarvoor had gekozen: oudejaarsavond. Om half twaalf zei hij dat het een mooi moment vond om haar alvast van zijn goede voornemens op de hoogte te brengen.

'We moesten in het nieuwe jaar maar eens ieder onze weg gaan,' zei de bruut tegen mijn arme kapster. Ze had juist een halve oliebol met poedersuiker in haar mond geduwd. Tien minuten later zat mijn kapster alleen thuis met betraande ogen, een halve fles champagne en een schaal met tien oliebollen en appelbeignets. Haar ex-vriend was onderweg naar café Het Dorstig Hert en zijn volgende vriendin.

Ik hoorde het verhaal aan en ik moet bekennen dat ik stiekem toch wel respect had voor mijn kapsters ex-vriend. In mijn leven heb ik een stuk of wat relaties gehad en ik ben een watje als het om dumpen gaat. Ik heb dumpvrees. Ik kan het gewoon niet uitmaken met vrouwen. Tegen de tijd dat ik mezelf erop betrap dat ik het eigenlijk helemaal niet erg zou vinden als ze die dag onder lijn 51 zou lopen, of steeds frequenter dromen krijg waarin een kettingzaag figureert, zie ik de bui al hangen. Dat wordt weer janken, schreeuwen, schelden, slaan, stompen, krabben, bijten, glas water in mijn gezicht, dreigen met zelfmoord – ach, u weet hoe gevoelig vrouwen zijn.

Meestal hanteerde ik de tactiek die door veel mannen gevolgd wordt: ik begon me gewoon een tijd lang als de grootste klootzak binnen onze landsgrenzen te gedragen tot zij een eind aan onze relatie zou maken. Vergeefs.

Als man moet je ook alles zelf doen.

Ook de softe benadering heb ik gepoogd. Zeggen dat het niet aan haar maar aan mij lag. Zeggen dat we toch vrienden konden blijven. Zeggen dat ik zoveel bindingsangst heb dat ik zelfs geen schoenen met veters durf te dragen — het maakte ze alleen maar woedender.

In de loop der vrouwen heb ik alles uitgeprobeerd. Een week niks van me laten horen, onaangekondigd in een ander studentenhuis gaan wonen, het midden onder een toneelstuk vertellen zodat ze geen scène zou durven maken. Ik heb het uitgemaakt per telefoon, per mail, per sms, het slechte nieuws door een goeie vriend laten brengen. En wat denk je?

Kwaad. Iedere keer weer.

Toen ik hoorde hoe mijn kapster gedumpt was moest ik denken aan een vriend van me, laten we hem Cees noemen, want zo heet hij ook. Cees was de koning van de belediging.

Zo herinner ik me dat hij en plein public zijn toenmalige vriendin vroeg of ze weleens overwogen had om Jan Smeets te bellen om haar achterwerk als alternatief festivalterrein voor Pinkpop aan te bieden. Bij een volgende vriendin riep hij in haar bijzijn dat hij haar altijd van achteren pakte omdat ze zo'n chagrijnige kop had.

Ook de klassieker aller dumpmethodes kwam van Cees. Een meisje dat maar bleef volhouden op haar eerste date nooit aan seks te doen, ging overstag toen Cees haar voor de daad beloofde de avond erna mee naar haar ouders te gaan om zich voor te stellen als haar nieuwe vriend.

De avond erna, drie kwartier na het tijdstip waarop Cees beloofd had acte de présence te geven bij haar ouders, hing zijn aanstaande ex huilend aan de telefoon.

'En je — snik — had beloofd dat je er zou zijn va...na...ha...ha...
ha...vond.'

Het antwoord van Cees: 'Zo zie je maar, hè?'

Cees heeft nooit meer last van haar gehad.

Gastronomisch gehandicapt

'Ik wil een dubbele regenboog achter mijn tanden,
mijn gehemelte bombarderen met een perfect afgestemd
smaaktapijt, mijn slokdarm overrompelen en mijn maag
in opperste staat van bevrediging brengen, voor minder
doe ik het niet.'

Uit *Troost* van Ronald Giphart

Eten is net als tennissen: als je er niet vroeg genoeg mee begint, krijg je het nooit meer helemaal onder de knie. En daar zit bij mij de makke. Ik heb een ongelukkige eetjeugd gehad. Ik kom uit Tilburg en dat was eind jaren zeventig het Siberië van de gastronomie. Als ik het me goed herinner hadden we één pizzeria, op het Piusplein, en een handjevol bistro's (dat was hip in die tijd, bistro's − 'Tante Jans bij de bistro/eet andijvie uit een po' − Tol Hansse, *Big City*, 1978). Verder was er op de Spoorlaan net een Griek gekomen en had een Indonesisch restaurant, Bali, zijn deuren geopend in de Piusstraat. Voor de rest stikte het in Tilburg, zoals in elke provinciestad in de jaren zeventig, van de babi-pangang Chinezen. Uit het blote hoofd: Chin. Ind. Spec. Rest. Wah Sing op het Wagnerplein, Chin. Ind. Spec. Rest. Lotus op De Heuvel, Chin. Ind. Spec. Rest. Azië op de Heuvelring en Chin. Ind. Spec. Rest. I-Pin-Ke op de Bredaseweg.

Als je onverhoopt echt goed wilde eten, zo ging het verhaal, dan moest je in die tijd naar Hotel De Lindeboom op De Heuvel. Of, voor de echte waaghalzen, de stad uit.

Thuis was het niet veel beter. Ik kan mijn moeders kookkunst de schuld geven, maar dat zou geschiedvervalsing zijn. De diepere oorzaak van het achterblijvend culinair niveau in mijn ouderlijk huis moet toch meer bij mijn vader worden gezocht. Met mijn vader in de buurt vergaat iedere kok de lust tot gastronomisch experimenteren al gauw.

Zoals ik u al vaker verteld heb is mijn vader een van de grootste Tilburgse filosofen aller tijden. Uitspraken als 'Ge moet méé oew tengels van aandermans spullen afblèève' (gij zult niet stelen), 'Nie mááuwe, daor krèède dikke bêene van' (niet zeuren, daar krijgt u dikke benen van) en 'Denken moete aon een pèèrd overlaote, die héé'ne veul grottere kop as gij' (denken moet u aan een paard overlaten, die dieren hebben nu eenmaal een groter hoofd dan u) staan in het geheugen gegrift bij menig Tilburger, maar anders dan de meeste klassieke filosofen was mijn vader niet van de experimenten. Vooral niet met eten. Zo had de man vanaf de dag dat hij ging werken tot de dag dat hij bij d'n Agio met pensioen ging altijd hetzelfde in zijn broodtrommel: twee bruine boterhammen met kaas, twee met rauwe ham, en een appel. Altijd. Iedere dag. Veertig jaar lang.

Pa was wars van liflafjes en andere flauwekul en daar was hij heel rechtlijnig in. Zo maakte de gehele Italiaanse keuken, die eind jaren zeventig in opkomst was in Nederland, zelfs in Tilburg, bij ons thuis geen enkele kans. Mijn vader is rücksichtslos in die dingen. De eerste lasagne, pasta of pizza die mijn ouderlijk huis durft te betreden, moet nog geboren worden. Terwijl kaas, in zijn hoedanigheid als broodbeleg, bij ons thuis er met tonnen per jaar doorheen ging, raakte pa al in paniek als er in de wijde omtrek van ons huis ook maar de geur van pizza, pasta of zelfs tosti was te bespeuren. Pa vindt gesmolten kaas *zum Kotzen*.

Buiten deze fysieke antipathie, is mijn pa sowieso geen culinaire waaghals. U kent allicht de uitdrukking 'wè unnen boer niet kent, dè fret-ie nie' (wat een boer niet kent, eet hij niet), maar het lijkt me sterk dat u mensen kent die zoiets met trots over zichzelf zeggen. Mijn vader zegt dat wel.

Begin jaren tachtig kwam er langzaam enige variatie in Ne-

derland aardappelland. Etenswaren die daarvoor volslagen onbekend waren als je, zoals wij, met vakanties nooit zuidelijker
kwam dan camping Ter Spegelt in Eersel, werden ineens ge-
meengoed bij Albert Heijn. Langzaam maar zeker deden de avocado, de courgette, de aubergine en de olijf hun intrede in de Hol-
landsche supermarktschappen. Pa sprak een onverbiddelijk veto
uit over al deze nieuwerwetsigheid. Neem de kiwi. Albert Heijn
mag dan heel stoer claimen dat ze Nederland aan de kiwi hebben
gekregen, dan hebben ze toch mooi buiten mijn vader gerekend.
Ook vernieuwingen in het casual eetsegment kregen bij mijn vader geen voet aan de grond. McDonald's, een fenomeen dat in die
dagen in Nederland de kop opstak, ging geheel aan mijn vader
voorbij; bij McDonald's stonk het immers naar gesmolten kaas.

De culinaire eenkennigheid van pa had zo haar weerslag op
het dagelijks menu bij ons thuis. Onze eettafel zag er vroeger
thuis als volgt uit. Maandag tot en met donderdag: aardappels,
groente, vlees. Aardappels waren soms gebakken, soms gekookt,
meestal half of te gaar. Het vlees was in de meeste gevallen kotelet. Met een botje en niet zonder vet. En soms rookworst of kip.
De groentes waren snijbonen, sperziebonen, spruiten, bloemkool of spinazie. C'est ça. Van het bestaan van witte kool, andijvie
of spitskool wist ik, tot ik ooit in dienst ging, niet eens.

Soms verpieterde het eten. Als mijn vader te laat thuiskwam
van zijn werk, of leuker nog, als mijn moeder gewoon glad vergeten was dat ze iets op het vuur had gezet. Vaak zag (of rook) ik
dat aankomen, maar dan hield ik wijselijk mijn mond, want ik
keek nooit uit naar het avondeten. Als ik dan lang genoeg mijn
mond hield en zelfs mijn moeder moest toegeven dat het eten
nu echt, echt niet meer te hachelen was, werd het weggeflikkerd
en dan werd het koude schotel van Albert Heijn of brood met
ragout. Ook niet om over naar huis te schrijven, maar een kin-
dermond is snel gevuld als er een keer geen aardappels hoeven
te worden gegeten.

Toch was het beroerdste deel van de maaltijd gek genoeg een
onderdeel waarvoor niet eens gekookt hoefde te worden.

Het toetje.

Dat was iedere dag vanillevla. Vanillevla had op mij bijna dezelfde uitwerking als gesmolten kaas op mijn vader. Ik moest al kokhalzen als ik die fles uit de koelkast zag komen. Waar normale kinderen bang waren voor de tandarts, was ik dat voor vanillevla. 's Middags zo rond vier uur, als ik van school naar huis liep, trok mijn maag al samen bij het vooruitzicht van die gele substantie op mijn bord. Ik moest het namelijk nog opeten ook, alsof mijn moeder er om een of andere duistere reden van overtuigd was dat vanillevla wezenlijk was voor het gezond opgroeien van kinderen. Rust, reinheid en vanillevla, zoiets. In mijn jongste jeugd vroeg ik me niet eens af waarom mijn moeder me dit aandeed, terwijl ze toch heel veel van me hield. Ik had eenvoudigweg geen flauw benul dat er andere soorten vla op de wereld waren, laat staan yoghurt. Pas zo rond mijn tiende, toen ik weleens in de SRV-wagen kwam en me duidelijk werd dat dat bruine spul in die flessen naast die vermaledijde vanillevla, chocoladevla betrof (waarvan ik vermoedde, gezien de naam, dat het naar chocolade zou smaken; ik was, zoals ieder kind, gek op chocolade), vroeg ik mijn moeder op de vrouw af waarom ze mij iedere avond pijnigde met vanillevla.

'Waarom eten wij altijd vanillevla, mam?'

'Dat vindt papa lekker.'

'Ik niet.'

'Dat weet ik.'

'Waarom moet ik het dan eten?'

'Omdat dat goed voor je is.'

'Vanillevla?'

'Nee, iets eten wat je niet zo lekker vindt. Daar leer je van.'

'Mam?'

'Ik vind vanillevla niet *niet zo lekker*, ik vind vanillevla zo vies dat ik er bijna van moet overgeven.'

'Als je later groot bent, mag je zelf kiezen wat je eet. En nu opeten die vla.'

Vrijdag was fritesdag, met Vienetta toe (in plaats van vanillevla, jiiiihaaaaa!), en zaterdag was voor de groentesoep met soepstengels. Ik hield niet van groentesoep, maar dan ging dezelfde regel op als met de koude schotel of ragout: alles beter dan aardappelen en vanillevla.

En op zondag natuurlijk (het waren de jaren zeventig, weet u nog?) chinees. Nasi goreng speciaal (speciaal = ei + een plak ham), met saté. Dat aten we dan in de huiskamer, met operamuziek op de achtergrond. Als kind was klassieke muziek voor mij synoniem aan nasi. Je kunt maar een associatie hebben. (Ik had over muziek een soortgelijk verhaal als dit kunnen schrijven; opgroeien in Tilburg staat niet wat je noemt garant voor een ontwikkelde smaak.)

En de feestdagen dan, zult u zich afvragen, dan was heel Nederland toch van de kunstige culinaire huisvlijt, zelfs in de jaren zeventig? Kwamen er dan bij jullie thuis geen kalkoenen, zalmen en andere typische kerstgerechten op tafel, daar waagde heel burgerlijk Nederland zich toch aan op feestdagen?

Overschat ons niet.

Bij ons thuis was het ieder jaar met kerst gewoon weer fonduen geblazen. Met de sauzen van Calvé. Later, in de vroege jaren tachtig, raakte het fonduen uit en vond een waardige opvolger in het gourmetten. Wel gewoon weer met de sauzen van Calvé.

Dat gourmetten is een gewoonte die mijn ouders nog immer koesteren. Ieder jaar weer weet mijn moeder mij in de weken voor kerst te verbazen door me per telefoon een complete uiteenzetting te geven waarom we deze kerst wéér gaan gourmetten, en ze vertelt dat alsof ze het voor het eerst heeft bedacht. 'En toen hadden je vader en ik het erover wat we zouden kunnen eten met de kerst, maar ja, om nou de hele dag in de keuken te gaan staan, en toen zei pa ineens, waarom gaan we dit jaar niet eens lekker... Gourmetten!'

Eureka.

Nou moet ik mijn moeder niet helemaal tekortdoen. Tuurlijk waren er enkele specialiteiten van het huis, specialiteiten die ze dan ook meteen maar bij álle verjaardagen, feesten en partijen voorzette. Haar portfolio bestond uit gevulde eieren, in bacon gewikkelde levertjes en ik herinner me vaag iets visserigs in een krokante laag. (Gek genoeg was mijn pa tuk op vis, een godswonder voor iemand die geboren en getogen is in Tilburg, een stad die, afgezien van het Wilhelminakanaal, geen enkele binding met water heeft. Maar of het nu haring, mosselen, tong, schol of paling was: pa lustte er wel pap van. Oesters waren uiteraard een brug te ver voor hem, maar dat komt in de beste families voor.)

Pas veel, veel later, halverwege jaren tachtig, toen ik al uit huis was, ontdekten mijn vader en moeder shoarma, spareribs en de Griek. *A small step for a man, one giant leap* voor mijn ouders.

Voor mij was het toen al te laat. Het kwaad was geschied. Ik kon geen aardappel, spruit, kotelet of vanillevla meer zien, maar iets anders had ik niet leren eten. Ik werd eetodidact.

Mijn carrière ging voorspoedig, ik begon geld te verdienen, andere restaurants dan Chinezen, bistro's en de Griek op de Spoorlaan te bezoeken, ging uiteten in Amsterdam, Maastricht en Antwerpen, zag steeds meer en steeds duurdere restaurants van binnen, leerde hoe het hoorde, proefde zonder blikken of blozen wijnen voor in gezelschap en zond ze terug als ze niet koud genoeg waren, naar kurk smaakten of de ober een hork was, at zakelijk en privé bij De Swaen, De Karpendonkse Hoeve, Mario Uva, De Librije, Okura, Ron Blaauw, Bordewijk, Van Vlaanderen, boekte maanden vooraf tafels bij Nobu in Londen en El Bulli in Barcelona, god weet dat ik heb geprobeerd de culinaire schade in te halen. Zonder Stichting Correlatie of Riagg, gewoon op eigen kracht, tegen de klippen op.

Het heeft gewerkt. Ik hou tegenwoordig van lekker eten. Je kunt me wakker maken voor Marokkaans, Thais, Indonesisch en — sorry pap — Italiaans. Ik doe een moord voor sushi, kan hele avonden aan de tapas zitten en werk oesters en kreeften naar binnen alsof het niets is.

Maar.

Du moment dat er een topkok creatief gaat lopen doen en op Michelin-waardige wijze allerlei ingrediënten door elkaar gaat lopen mikken, geven mijn onderontwikkelde smaakpapillen niet thuis. Ik proef het gewoonweg niet, de exquise smaakcombinaties, het subtiele geliflaf, de verfijnde culinaire kunststukjes: het zijn paarlen voor de zwijnen.

Onlangs, een paar dagen nadat ik mijn vrouw en mezelf een diner bij De Hoefslag cadeau had gedaan, en met pijn in mijn hart het creditcardafschrift ter grootte van het Bruto Nationaal Product van een middelgroot Afrikaans land had getekend, belde mijn uitgever. Hij nodigde me uit voor een diner in La Rive, om het zoveelduizendste verkochte exemplaar van *Komt een vrouw bij de dokter* te vieren. Hij kon wel een tafel regelen, last minute.

Ineens knapte er iets. Ik voelde me schuldig. Schuldig omdat ik voor de tweede keer in een week een felbegeerde, waarschijnlijk maanden tevoren gereserveerde stoel bezet zou gaan houden voor iemand wiens smaakpapillen orgastische genoegens zouden beleven aan de creaties die niet aan mij waren besteed. Plots voelde ik me als Albert Verlinde die voor zijn verjaardag een cadeaubon voor een avondje Yab Yum cadeau heeft gekregen.

Ik besloot ter plekke, aan de telefoon met mijn uitgever, mijn coming-out te beleven. Ik vroeg hem of we ook een tournedos bij De Kring konden gaan eten.

Het luchtte op, moet ik zeggen. Want ik weet donders goed dat het not done is, als schrijver, wonende in Amsterdam Oud-Zuid, het luxereservaat van Nederland, dit soort dingen toe te geven. Ons Soort Mensen weet dat eten geen primaire levensbehoefte maar een levensstijl is. Ons Soort Mensen laat in gezelschap tussen neus en lippen vallen dat ze gisteren nog een vorkje hebben geprikt bij Parkheuvel (en dat het daar vroeger, toen Cees Helder er nog zat, veel beter was). Ons Soort Mensen zet hun gastronomische kennis in als blijk van eruditie.

Ik niet meer. Ik stap uit de culinaire *ratrace*.

Voortaan geef ik het gewoon toe: ik ben gastronomisch gehandicapt. Doe mij maar een paar goeie dooie vissen op het strand van IJmuiden, een vette haring bij Piet van Altena, een pekingeend bij een authentieke Chinees op de Zeedijk, een simpele pasta bij d'Antica of een eerlijke biefstuk bij Loetje. Net als mijn vader eet ik voortaan niks meer waar ik geen zin in heb. Na de vanillevla kan ook de *Guide Michelin* voortaan mijn rug op.

Veinsvaders

Het verschijnsel stak een paar jaar geleden de kop op en verspreidt zich als de mazelen.

Plotseling was daar een lichting mannen die luidkeels verkondigde niets 'intensers' te kennen dan urenlang puzzelen, tekenen, verstoppertje spelen en computeren met hun kinderen.

Nieuwe vaders, die beweerden dat ze niets liever zouden doen dan hele middagen spelletjes spelen, iedere woensdagmiddag in speeltuinen vertoeven en elk weekend zandkastelen bouwen in de zandbak in de tuin.

Vaders die vertelden dat ze liever, net als hun vrouw, drie in plaats van vijf dagen zouden werken, om meer tijd met hun kinderen te besteden. Maar dat dat nou eenmaal niet kon in hun functie.

Dit zijn de veinsvaders.

Als veinsvaders beweren dat ze iedere zaterdagochtend om zeven uur verstoppertje spelen met hun kinderen, dan durf ik er mijn iPod om te verwedden dat ze eigenlijk negen uur bedoelen en dat 'iedere zaterdagochtend' vertaald dient te worden als zo eens per drie, vier weken. Als er niks tussen komt.

Als veinsvaders beweren dat ze het liefst iedere woensdagmiddag met hun kinderen in de speeltuin zouden zitten, dan weten ze echt niet waar ze het over hebben.

Als veinsvaders beweren dat ze graag uren achtereen Nijntje-Memory spelen met hun kinderen, dan neem ik dat met dezelfde kilo's zout als mijn ouders mijn beweringen vroeger namen, bijvoorbeeld als ik met een stalen gezicht vertelde dat ik echt al wel twee uur had zitten studeren.

Ik ben een ouderwetse vader.

Ik ben gek op mijn kinderen, maar ik haat Memory. Ik doe het, soms, een half uur(tje), omdat ik ook wel zie hoe leuk Roos en Eva het vinden, maar daarna wordt de roep van die lekker dikke zaterdagbijlage van *de Volkskrant*, die ligt te popelen om gelezen te worden, gewoon te groot.

Natuurlijk kom ik ook weleens in de Efteling, eens per jaar ('Je bent in de paasvakantie ook al niet mee naar Duinrell geweest, schat.'), maar denkt u dat ik het spannend vind om drie keer achter elkaar het hele verhaal van de Dansende Schoentjes te horen? Daar vond ik al geen reet aan toen ik een kind was, laat staan nu ik vierenveertig ben. En als ik Roos op zaterdag vijftien keer het trapje van de glijbaan in de speeltuin van het Vondelpark op heb geholpen, dan wenk ik Naat dat zij nu toch echt aan de beurt is, hoor. Voor je het weet is dat witbier lauw.

Maar geef dat maar eens toe, tegenwoordig, als ouderwetse vader tussen alle veinsvaders. Dat geeft hetzelfde effect als wanneer je als vrouw zegt dat je geen borstvoeding geeft omdat je wel weer eens lekker ongegeneerd een fles rosé achterover wilt meppen na die negen maanden geheelonthouding.

Ik ben ervan overtuigd dat veinsvaders jokken als ze beweren dat ze hele middagen zandkastelen bouwen leuker vinden dan de *Revu* lezen, dat ze overdrijven als ze verkondigen dat ze dol zijn op Memory spelen en dat ze uit hun nek lullen als ze zeggen dat ze liever drie dagen zouden werken om vaker met de kinderen te zijn.

Mannen worden gillend gek van activiteiten zoals glijbanen, Nijntje-Memory en Dansende Schoentjes, als die activiteiten keer op keer op keer op keer op keer opnieuw moeten worden gedaan. En dat willen kinderen.

Mannen vluchten voor repeterende taken.

Tuurlijk, mannen zetten de vuilniszakken buiten. Twee keer per week.

Tuurlijk, mannen spelen graag met hun kinderen. In het weekend.

Maar iedere dag Nijntje-Memory, glijbanen, kleurplaten en de was? Daar zijn wij niet op gebouwd.

Een tijdje geleden las ik in *de Volkskrant* (Naat was met Roos Sesamstraat-Domino aan het spelen) dat socioloog Brinkgreve en oud-hoogleraar Te Velde (en die kunnen het weten, denk ik dan) het Nederlandse emancipatiebeleid hekelden. Komt-ie: 'Er zijn nauwelijks mannen en vrouwen die samen het geld verdienen en die de zorg voor de kinderen en de huishoudelijke taken eerlijk verdelen. De overheid jaagt een illusie na.'

Wacht, ik ga nog effe door, want bij de mooie momenten in het leven moet je even stil staan: 'Voor verreweg de meeste vrouwen staat het moederschap nummer een. Ze werken wel graag, maar ze doen het er doorgaans een beetje bij. Voor mannen is het precies andersom. Als we dat feit blijven negeren, doen we onszelf en vooral de vrouwen tekort.'

Deze verhelderende inzichten zijn te lezen in hun boekje *Wie wil er nog moeder worden?*, dat een (quote *de Volkskrant*) 'aanklacht tegen het emancipatiebeleid dat geen rekening houdt met verschillen tussen mannen en vrouwen' vormt.

Kijk. Goed dat er nog iemand in het gezin is die het wereldnieuws bijhoudt.

Vrouwen kunnen niet adoreren

Er is me iets opgevallen. Of, laat ik eerlijk zijn, een lezeres van mijn boek attendeerde me erop. Het viel haar op dat de vrouwen in *Komt een vrouw bij de dokter*, Carmen en Roos zo liefdevol beschreven worden. 'Maar,' zei ze, vlak voor ik zelfgenoegzaam uit elkaar dreigde te ploffen, 'dat ligt niet aan jou, Kluun, dat komt omdat je een man bent.'

'Huh?'

'Ja. Mannen schrijven en zingen bijna altijd vol bewondering over hun vrouw, hun minnares of hun onbereikbare liefde.'

Ik moest er even over nadenken, maar kon niet anders dan beamen wat ze zei. Vrouwen worden in de muziek en literatuur beschreven en bezongen als halve godinnen.

Een greep uit de liedjes en romans waarin een vrouw onderwerp van adoratie is.

Allereerst de categorie naamloze godinnen in *Lady in red*, *L.A. Woman*, *The Girl From Ipanema*, *Het werd zomer* (ik was 16 en zij was 28), *You Were Wonderful Tonight* en wat dies meer zij. En dan een schier eindeloze rij liedjes over godinnen die met naam en toenaam worden geadoreerd. 'Angie'. 'Angeline' (de blonde sexmachine...). 'Annabel'. 'Amanda'. 'Barbara Ann'. 'Brigitte Bardot' (die heeft ze niet zo, maar zooooo...). 'Sweet Caroline'. 'Für Elise'. 'Gloria'. 'Josephine'. 'Layla.' 'Michelle'. 'Lucille'. 'Molly' (die van 'Good Golly', weet u wel). 'Peggy Sue'. 'Mrs. Robinson'. 'Ruby Ruby Ruby'. 'Long Tall Sally'. 'Sandy'. 'Suzanne'. 'Suzi Q'. 'Vrouw Haverkamp'.

En dan de literatuur. Eric adoreert Olga in *Turks fruit*. Giph gaat finaal plat voor Samarinde in *Ik omhels je met duizend armen*. Max én Onno idem, beurtelings, voor Ada in *De ontdekking van de hemel*. Hofmeester verafgoodt zijn dochter in *Tirza*. Tómas beschouwt álle vrouwen als godinnen in *De ondraaglijke lichtheid van het bestaan*. Sneeuwwitje wordt op handen gedragen door zeven (7) dwergen. Assepoester heeft een heuse prins aan haar muil hangen. Enzovoort, enzovoort.

Mannen verstaan de kunst van het complimenteren niet bijster goed, maar geef ze een pen of microfoon en ze gaan volledig los. Schaamteloos wordt de liefde, dan wel de lust, verklaard aan een vrouw en vervolgens aan een miljoenenpubliek kenbaar gemaakt.

En nu komt-ie.

Andersom gebeurt dat zelden of nooit. Noem eens tien zangeressen of schrijfsters, vrouwen dus, die ooit een lied of boek hebben geschreven waarin een man schaamteloos wordt geadoreerd, op een voetstuk geplaatst, toegezongen als ware hij een kruising tussen Jezus, George Clooney en de Kerstman?

Nou?

Ja, denkt u maar even.

Tuurlijk, liedjes van het kaliber 'It was a slap in the face how quickly I was replaced', 'Leo, je bent vannacht weer dronken geweest', 'Hij kon het lonken niet laten' en andersoortige wraakoefeningen zijn er bij bosjes, maar daar hebben we het hier niet over.

En evenmin over de boeken waarin Yvonne Kroonenberg haar liefdevolle mening over het mannenras debiteert. Veel verder dan *I.M.* van Connie Palmen in de literatuur kom ik niet.

'Heia Jan Bols' en het Wilhelmus? Mannen die het zingen. 'Kunnen wij het maken, Bob de Bouwer?' Een kinderkoor.

Tja, en 'Wie maakt dat ik niet meer slaap... Ja, dat is Peter!', en 'Sjakie van de hoek (groot in 't kattekwaad)'? Hm. Als u het niet erg vind, neem ik deze odes niet al te serieus.

Blijkbaar willen mannen hun bewondering voor vrouwen graag van zich afschrijven en -zingen, terwijl vrouwelijke schrijvers en songwriters het liever hebben over wat die klootzak hun allemaal aan heeft gedaan door weg te gaan. Of juist door te blijven.

Zijn wij mannen dan echt de grootste etters van ons bekende melkwegstelsels, zijn wij het slijk der aarde, heeft Onze-Lieve-Heer een complete offday gehad toen hij ons bedacht?

Zijn wij geen liedjes waard? Verdienen wij het niet om publiekelijk verafgood te worden, al was het alleen maar voor de vorm, in een onbeduidend popliedje of een dun boekje?

Gelukkig hebben Guns N' Roses een verdienstelijke poging gedaan om het verschil tussen mannen- en vrouwenpersonages recht te trekken: *'I used to love her/But I had to kill her/And now she's six feet under/And I can still hear her complain.'*

Live Earth

... En dan volgt nu het weerbericht voor zondag 14 november 2037. De temperatuur blijft steken op 21 graden, 5 graden te koud voor de tijd van het jaar. Er staat een matige wind. Vooral aan de Noordzeestranden op de Veluwe kan de wind aangroeien tot krachtig, bij windstoten in de kustprovincies Midden-Limburg en Oost-Gelderland tot stormachtig.

Waarschuwing voor de scheepvaart: bij springvloed bestaat er kans op aanvaringen met de zandbanken van de voormalige Noord-Hollandse duinenrij en de waterruïnes van de Rotterdamse ex-skyline. Tot slot de waterstanden: Zutphen aan Zee: plus 9. Zandvoort in Zee: plus 14.

Dit was het nieuws.

Ach, laten we positief blijven. Als half Nederland over een jaar of twintig overstroomt, stap je zo vanaf de Veluwe de zee in. Hebben we mooi het breedste strand van Europa. En economisch gezien biedt zo'n overstroming grote voordelen: voor de Duitse dagtochttoerist liggen de Noordzeestranden op de Veluwe straks een stuk gunstiger dan voormalig Zeeland.

Boze tongen beweren dat er, in het diepste geheim, nu al bestuurlijke commissies in Staphorst en Urk bezig zijn met beleidsplannen om hun steden om te vormen tot waardige opvolgers van ondergelopen vakantieoorden als Lloret de Mar en Mykonos. Ook Zandvoort in Zee, Wijk in Zee en Domburg in Zee maken zich op voor een heftige concurrentiestrijd om de gunsten van de eenentwintigste-eeuwse consument. De omstandigheden in deze verzonken steden zijn volgens toeristische experts ideaal voor een toeristische trekpleister van jewelste: een futuristisch onderwaterpretpark van tientallen vierkante kilometers: Zeelantis.

Verkeersdeskundigen wijzen op de noodzaak van een onderzeese tunnel om alle toeristen en forensen straks vanuit de nieuwe metropolen Enschede en Maastricht naar deze onderwaterattracties te vervoeren. Een medewerker van de ANWB waarschuwt: 'Als we nu niets doen, zal het scheepvaartverkeer op de Noordzeeknooppunten rond de voormalige Van Brienenoordbrug en Verzonken Vianen al in 2050 volledig vastlopen. Met desastreuze gevolgen voor onze economie.'

Ik herinner me een tv-uitzending ten tijde van de genocide in voormalig Joegoslavië, waarin Herman Brood vertelt dat hij bang is dat hem ooit door dochter Lola zal worden gevraagd: 'Papa, waarom deed je niks?'

'Papa, waarom deed je niks?' En dan kan ik heel trots gaan roepen wat papa en mama allemaal wél deden. Dat papa een vlammend stuk schreef op zijn site dat iedereen *An Inconvenient Truth* moet gaan zien. Dat ik op 7-7-7 bij Live Earth op het Westergasfabriekterrein heb voorgelezen. Dat er hele weken voorbijgaan zonder dat ik mijn veel te grote amerikaan gebruik. Dat mama het hele huis vol spaarlampen heeft gedraaid. En dat papa tegenwoordig 's avonds zijn computer uitzet.

Om vervolgens de volgende dag met mijn gezin in het vliegtuig naar Curaçao te stappen. Met mijn laptop, mijn iPod, mijn mobieltje en alle bijbehorende opladers.

Roze maandag

Als geboren en getogen Tilburger behoor je minimaal één keer per jaar naar de stad te remigeren, anders wordt je visum ingetrokken. Ik kies al jarenlang voor de maandag van de kermisweek. Die dag wordt Tilburg overspoeld door travo's, leernichten, kaalsnorren, sportschoolgays, schandknapen en andere vrienden van de bruine ster — en is het dus gezellig. Homo's weten wat feesten is. De grote attractie op de Tilburgse kermis is niet de hully gully of de hogati, maar het publiek zelf. Zelfs als ik de aanwezige gayscene buiten beschouwing laat.

Kermisvolk + Tilburg = vlek op vlek. Ik denk dat ik geen enkele Tilburger voor het hoofd stoot met de vaststelling dat er nergens op de wereld zo veel lelijke mensen bij elkaar te bezichtigen zijn als in de laatste week van juli in de Tilburgse binnenstad. De castingdirector van de *Muppetshow* zou er zijn hart kunnen ophalen.

Een man met (echt, ik heb ze geteld!) vier onderkinnen en oren waarvoor de benaming bloemkooloren een diepe belediging voor het bloemkolenras zou zijn. Shrek 3, maar dan blank. Een vrouw met een bierbuik (ja!) in wit doorschijnend negligé. Een man met een snor en vetkuif en wit T-shirt met opdruk IK BEN NIET ZO KNAP, MAAR IK WIL WEL WIPPEN. Een travestiet van twee meter tien met cup D en rode naaldhakken in maatje zwemvlies.

Op een klein podium op het Piusplein stond een indonichtje met string een show ten beste te geven. Ik vermaakte me kostelijk met de blikken van de passerende brave Tilburgse huisvaders. Vijftigers en zestigers die het tafereel afwisselend lacherig, gegeneerd, geamuseerd en afkeurend ('as die van mèn er zô bij zou lôôpe dan dikkem wè') bekeken.

Bij enkele oudere Tilburgse mannen, veelal vergezeld door vrouwen bij wie de Schepper klaarblijkelijk even een black-out moet hebben gehad, meende ik een blik te ontwaren die verried dat hun leven weleens heel anders had kunnen lopen als ze ooit, toen ze jong waren, er tegen hullie pa en ma voor uit hadden durven komen waar ze écht opgewonden van werden.

Tien procent

'Willen we, als we trouw eisen, dat de ander gelukkig wordt?
En als de ander in de subtiele gevangenschap van trouw niet
gelukkig kan zijn, houden we dan wel van degene van wie
we trouw eisen?'

Uit *Gloed* (1942) van Sándor Márai

Hooguit 30 procent van de Nederlanders is weleens vreemdgegaan en nog geen 10 procent vindt dat een enkel keertje buiten
de deur neuken moet kunnen, zo las ik in een onderzoek van
bureau Trendbox. Met name het percentage mannen dat vindt
dat een slippertje totaal uit den boze is, stijgt jaarlijks.

Ik heb eens nagedacht over deze belangwekkende ontwikke-
lingen en ben tot drie conclusies gekomen:

1. Half Nederland (m/v) jokt.
2. Half Nederland (m) vergeet dat dat bezoekje aan
   Huize Linda, zes charm. j.dames ontv. u in opw.
   lingerie, ma-vr 11–23 u, discr. prk. aan achterz. toch
   heus onder de noemer vreemdgaan valt.
3. Trendbox kent mijn vrienden niet.

Amerikaanse onderzoeken tonen aan dat het percentage vrouwen dat in hun relatie een of meerdere keren is vreemdgegaan
minder dan 50 procent is. Bij mannen ligt dat percentage rond
de 70 procent. Pikant detail: tweederde van de Amerikaanse
vrouwen is ervan overtuigd dat hun man nooit vreemd is gegaan
of zal gaan.

Dat laatste komt mij bekend voor. Het aantal mannen dat

mij, sinds *Komt een vrouw bij de dokter* uit is, met een quasi-verontwaardigd nutsnutswinkwinkknipoog hartelijk bedankte dat ik ervoor gezorgd had dat zijn vriendin/vrouw voortaan zijn sms'jes checkte, is opvallend. Zijn mannen zulke goede toneelspelers? Of zijn vrouwen zo goedgelovig, zodra het om hun eigen partner gaat?

'Darlin' if you want monogamy, marry a swan.'

Uit *Heartburn* (1986). Dochter Meryl Streep krijgt van haar vader (Steven Hill) uitgelegd waarom manlief (Jack Nicholson) vreemd is gegaan en zal blijven gaan.

Ik heb niet de illusie dat ik u hiermee iets nieuws ga vertellen, maar toch, even *for the record*: mannen willen meer en vaker neuken dan vrouwen.

Neem dit verhaal van een vader van een goede vriend van me. Het betreft hier een man van zevenenzestig jaar oud, laten we hem Evert noemen (hij heet eigenlijk Wim, maar om redenen van privacy noem ik hem maar even Evert). Evert loopt twee keer in de week hard, tennist zijn kleinzoon van veertien nog steeds in twee sets van de baan af, kauwt zijn eten goed, Evert is kortom een gezonde man. En gescheiden, dat moet ik er even bij vertellen. Dat deert Evert niet, want eenzaam is bepaald niet het woord dat op de man van toepassing is, sinds Evert een jaar of wat geleden internet en daarmee de datingsites heeft ontdekt. Sindsdien gaat er geen weekend voorbij of Evert heeft een date. Soms komt er seks van (zo gaan die dingen) en heel soms wordt een date tijdelijk bevorderd tot vriendin. Die vriendinnen zitten meestal in de leeftijdscategorie 50–60. Niks mis mee, als je zelf 67 bent.

So far so good.

Tot Evert me het volgende verklapte: 'Kijk, Kluun, ik ben een gezonde man. En ik wil nog steeds liefst een keer of twee, drie per week (*excusez le mot*, ik geef slechts door wat Evert zegt) wippen. De vrouwen die ik leer kennen doen in het begin hun best, maar al snel komt de aap uit de mouw: zij vinden twee, drie keer seks per maand genoeg.'

Waarna Evert maar weer met goede moed naar relatieplanet.nl toog.

Het verhaal van Evert staat niet op zich. Wordt in de meeste relaties in de eerste jaren het behang van de muur geneukt, *du moment* dat er kinderen komen is het gedaan met de pret. Het moederschap is desastreus voor de lustgevoelens van de vrouw. Vijf, zes keer per week seks, zoals daarvoor? *Sciencefiction.* Maar wat een narigheid nu: de invloed van het vaderschap op het libido van de man blijkt te verwaarlozen. Na een enquête onder mijn vrienden kan ik met een aan zekerheid grenzende waarschijnlijkheid stellen dat geen van hen het bevredigende seksleven heeft van de pre-kinderperiode. Althans, niet thuis.

En daarmee hebben we een structureel probleem te pakken.

Want we verlangen wel van elkaar dat we trouw zijn. Trouw is de norm, trouw is het ideaal, trouw hoort.

De vooraanstaande schrijver Sándor Márai (*Gloed*, prachtig boek, lezen!) zei ooit: 'Willen we, als we trouw eisen, dat de ander gelukkig wordt? En als de ander in de subtiele gevangenschap van trouw niet gelukkig kan zijn, houden we dan wel van degene van wie we trouw eisen?'

Hou me ten goede: ik moet er niet aan denken dat we terug-gaan naar de vrije liefde, zoals onze ouders in de jaren zeven-tig, en elkaar een vrijbrief geven om ons een slag in de rondte te neuken.

Vrije liefde is bullshit, vrije liefde is een sprookje zonder happy end, dat hebben onze ouders al voor ons ontdekt, dat hoeven wij niet nog eens te doen. Nee, hoe graag we het ook zouden willen: seks is niet los te koppelen van emotie, vrije seks doet au, niet alleen bij jullie, vrou-wen, maar ook bij ons. Het idee dat u het met een andere man doet hakt er bij ons net zo in als het besluit van Edwin van der Sar om te stoppen als keeper van Oranje.

> '**Hoe kon de schepper zo sadistisch zijn om seks en liefde aan elkaar te koppelen?**'
>
> Uit *De ondraaglijke lichtheid van het bestaan* (1984) van Milan Kundera

Hoe je het ook wendt of keert: de behoefte aan seks is, indach-tig alle onderzoeken, bij de gemiddelde man nu eenmaal groter dan bij de gemiddelde vrouw. Moeten wij, mannen, er dan maar, tot de dag dat we dood of impotent zijn mee leren leven dat we structureel meer behoefte aan seks hebben dan onze vrouwen?

Of moeten we gewoon maar van u eisen dat u met tegenzin het wekelijks moyenne van de seks op een niveau brengt dat wij wenselijk achten?

Eerlijk gezegd denk ik dat beide opties beide partijen uitein-delijk niet gelukkiger maken.

Toen ik dertig was werkte ik bij een bedrijf waar een oude, wijze direc-teur de scepter zwaaide. Grijzend, erudiet, jong van geest, type man van de wereld. Al vijfendertig jaar gelukkig getrouwd met dezelfde vrouw. Twee inmiddels volwassen kinderen opgevoed.

> '**Vreemdgaan, dat hou je voor jezelf, en voor je vrienden.**'
>
> Uit *Dat dan weer wel* (2002) van Hans Teeuwen

Als het gesprek op onderwerpen als liefde, trouw en vreemdgaan kwam, gaf hij zijn mannelijke werknemers, van wie de meesten in de dertig en – laat ik het netjes zeggen – niet ongeïnteresseerd in vrouwen waren, altijd de volgende wijze raad: wel doen. Niet zeggen. Maar niet te vaak.

Tja.

Maar ach, waarom val ik u in hemelsnaam lastig met dit epistel. U en uw partner horen vast tot die negentig procent van Trendbox die er niet eens aan moet denken om ooit vreemd te gaan.

Herfstdepressies

Er zijn zo van die dingen waar ik niet aan kan wennen. Het lege gevoel op de ochtend na een goed feest. Het Nederlands elftal dat het beste voetbal speelt van het toernooi en toch weer ver voor de finale wordt uitgeschakeld.

Wat ook nooit went is het einde van de zomer. Een van de grootste songwriters uit de vaderlandse geschiedenis, Gerard Cox, zong het in 1973 al: *'Ah, je dacht dat er geen einde aan zou komen/ maar voor je 't weet is heel die zomer al weer lang voorbij/ lalalalala lalalalala lalalalalaaa lalalalalalalalala.'*

Het meest deprimerende van de overgang van zomer naar herfst vind ik de rituelen die ermee gepaard gaan. 's Avonds weer de gordijnen dicht. Een gevoerde jas die promoveert van de kelder naar de kapstok. Een NS-communiqué dat ons laat weten dat er geheel onverwacht bladeren op de rails zijn gevallen en dat de treinen daardoor tot de herfst over is iets later komen (en de rails wegens ijzel te glad worden om er treinen over te laten rijden).

Het is dat ik geen Martin Bril heet, anders zou ik hier nog dingen gaan schrijven over knisperende eikenbladeren, bomen die melancholisch hun bladerdek van zich afschudden, Hollandse wolkenluchten en neerzijgende slagregens. Of zoiets.

Ik haat herfst.

Herfst is als muggen, afwassen, onroerendgoedbelasting en condooms: het zal best nuttig zijn, maar voor mij hoeft het allemaal niet. Maar ja, zei mijn moeder dan vroeger altijd: het is eigenlijk wel fijn dat het weer eens flink regent, voor de boeren, want anders is de bloemkool straks niet meer te betalen.

(*So what*, dacht ik dan, ik heb graag tien euro over voor een bloemkool, als het daardoor goed weer blijft, *who needs* bloemkool *anyway*, ik heb nog nooit gelezen dat er iemand is overleden omdat-ie een tijdlang geen bloemkool binnenkreeg. *Fuck* bloemkool.)

Sinds ik kinderen heb, stemt een zich aankondigende herfst niet alleen treurig, nee, hij is echt levensontwrichtend.

's Zomers is het bedenken van een weekendprogramma met kinderen een eitje, zelfs voor mij, terwijl me na een hele week schrijven doorgaans minder fantasie rest dan de programmamakers van s B s 6.

Desondanks verzin ik ze met twee vingers in de neus, de weekendactiviteiten in de zomer. Zolang de ingrediënten water en rosé maar zijn vertegenwoordigd.

Het badje in het Vondelpark. Met rosé. Het strand in Blijburg. Met rosé. Speeltuin met terras. En rosé. Barbecue in de tuin met opblaaszwembad. Rosé ernaast. Banden aanhalen met vrienden die vlak bij zee wonen en rosé in huis hebben.

Zon, water en rosé, iedereen blij, *ah je dacht dat er geen einde aan zou komen.*

Dat komt er wel.

Ieder jaar zo rond eind september zie ik de bui al weer hangen.

Op zondag met de auto naar de geitenboerderij in het Amsterdamse Bos. Ter plekke ontdekken dat half kinderrijk Amsterdam op hetzelfde idee is gekomen. In de file voor de parkeerplaats. Kinderen uitladen. Door de zeikende regen, met bemodderde broekspijpen naar de geitjes. Eenmaal binnen in de meurende stallen met driehonderd andere ouders en kroost braaf wachtend tot er een glimp van een geitje is op te vangen. Dat vervolgens geen enkele sjoege geeft als mijn dochter hem een zojuist gekocht flesje melk voorhoudt, omdat het arme dier de hele ochtend al is volgegooid met melk en korrels door andere kleuters.

De week erna maar weer naar TunFun. Lekker de hele middag tussen de krijsende kinderen in een tunnel onder de grond zitten, met het uitzicht op glijbanen, klimrekken en springkussens in IKEA-kleuren.

En de week daarna naar eh... eh...

'Naat?'

'Ja?'

'Waar kun je in de herfst op zondag met de kinderen ook al weer overal heen?'

'TunFun of naar de geitenboerderij.'

Ik denk dat ik mijn moeder deze herfst maar eens vraag of er nog ergens bloemkoolkwekerijen te bezichtigen zijn.

Zal je zien dat die boeren een tientje entree per persoon vragen.

P-night

We praten begin jaren tachtig. Internet bestond niet en video amper. Als puber was je aangewezen op de *Tuk, Candy, Chick, Seventeen* en *Rosie*. (Dat die namen er na vijfentwintig jaar nog zo makkelijk uitrollen zegt wat over het enthousiasme waarmee ik ze destijds eh... las.)

Toen ik voor het eerst pornobladen zag (ik zal niet zeggen waar ik ze vond, dat vind ik zo lullig voor mijn ouders), duizelde het voor mijn ogen. Pagina's vol vagina's, gevuld met komkommers, kaarsen, kunstpenissen, schaakstukken, bierflesjes en hier *en* daar nog een mannelijk lid van vlees en bloed ook. Dat dit bestond, het was nog nooit in me opgekomen. Dat vrouwen dit deden! En wat voor vrouwen! Zo zag je ze in Tilburg niet. Het waren de jaren waarin niet werd gekeken op een ooglijntje meer of minder en de blauwe oogschaduw was blijkbaar ook in de aanbieding. De modellen hadden nog echte borsten, vaak half bikiniwit, maar dat was dan ook de enige aanwezige bikinilijn, want het schaamhaar tierde begin jaren tachtig welig. *Skippy the Bush Kangaroo.*

Het meest schokkende beeld, dat zich in mijn teergevoelige puberzieltje nestelde om er nooit meer uit te komen, was dat van de Goede Sint, die, steunend op zijn staf, zijn tabberd omhoogtilde en een blonde dame van achter van jetje stond te geven. De goedgeiligman had niet eens de tijd genomen om zijn mijter af te zetten.

Eenmaal ontdekt lustte ik er wel pap van, van porno. Tot mijn standaarduitrusting op mijn zolderkamer behoorde een zakdoek die na enkele weken zo hard was dat hij bijkans onder de wet op verboden wapenbezit viel en een stapel porno waar je de winter wel mee kon doorkomen. Uren achtereen besteedde ik aan mijn nieuwe hobby. Nog een wonder dat ik geen tennisarm heb opgelopen.

Het enige vervelende was de aanschaf. Daar moest je de deur voor uit. En, erger nog, een winkel voor in.

Er waren twee mogelijkheden. De reguliere tijdschriftenhandel of de seksshop.

Beide opties hadden nadelen.

Als puber een pakketje zelfhulpporno op de toonbank te moeten leggen in een tijdschriftenwinkel, gadegeslagen door de besmuikte blikken van mensen die er hun *Brabants Dagblad*, *Story*, Caballero en doosje wilde havanna's haalden, was geen pretje. Dat voelde als met een wc-rol onder je arm over de camping lopen. Sommige dingen hoeft niet iedereen te weten.

Bij een seksshop was dat makkelijker. Daar was je onder geestverwanten, die zich omgekeerd evenredig aan motorrijders gedroegen: elkaar nooit aankijken en zeker niet zwaaien. In de seksshops van weleer hing een zweem van schimmigheid, het waren nog niet gestileerde Christine le Duc-winkels met vitrines waarin seksspeeltjes als designartikelen worden gepresenteerd en frisse fruitige meisjes de ins en outs van de nieuwe Tarzan demonstreren alsof het een tostiapparaat met verwisselbare wafelplaten betreft. De verkoper van destijds was meestal een wat oudere man van wie je liever niet wilde weten wat hem zo aantrok in deze branche, maar hij kende zijn pappenheimers: zwijgend en zonder besmuikte blikken werden de *Tuks* en *Candy's* in een discrete verpakking gestoken waarmee je thuis kon komen zonder dat gelijk de pleuris uitbrak.

Maar voor je er binnen was. Brrr. Als je eindelijk, na er vier keer zo onopvallend mogelijk langs te zijn gelopen, alle moed bijeen had geraapt om de deurklink van de seksshop vast te pakken, bad je tot Onze-Lieve-Heer dat de fietser die net de hoek om kwam rijden toevallig niet dat meisje uit 3b was.

Pas jaren later ontdekte ik dat ik niet de enige was. Al mijn vrienden hadden in hun nachtkastje een verzameling porno opgebouwd om u tegen te zeggen. Er werd gretig uitgewisseld, waarbij niet te flauw werd gedaan over een vastgekoekte bladzijde hier en daar.

Toen kwam de video. En de feesten in het studentenhuis van R. en P.

P-nights, werden ze genoemd. Met zes of zeven andere bronstige bavianen *Miami Spice* en *Debby Does Dallas* kijken.

Ik vond het helemaal niks. Ik ginnegapte mijn opkomende geiligheid vakkundig weg. Seks doe je met z'n tweeën of hooguit, in een dolle bui, een keer met zijn drieën of vieren, maar porno doe je alleen, punt. Daar was ik heel principieel in.

Tot ik vaste vriendinnen kreeg en ontdekte dat die ook niet vies waren van een stevig potje porno.

Dat gaf een heel nieuwe dimensie aan het fenomeen P-night.

'Hallo, ik ben Johan'

Ik heb Nummer 14 ooit in het echt ontmoet en daar wil ik bij dezen even over opscheppen.

Als Amsterdammer word je aardig blasé van de kuddes BN'ers waar je op straat over struikelt. In Oud-Zuid, het luxereservaat van Amsterdam, loopt het BN-gehalte helemaal gierend uit de hand. Even namedroppen: mijn buurman is een Echte Schrijver, A.F.Th. Bij de slager kom ik Wim Kieft en Tatum (of Jennifer, dat weet ik nooit) altijd tegen. Als ik bij de groentejuwelier in de Cornelis Schuyt voor mijn bakje zongedroogde tomaatjes à raison van een gemiddelde maandhuur in Bos en Lommer in de rij sta, moet ik oppassen dat Ursul de Geer, Nicolette van Dam, Huub Stapel of – en vooral – Harry Mens (hetgeen mij nog steeds verbaast – groente en Harry Mens is toch een beetje als Jaap Stam en balletdansen) niet voordringen. Ten slotte, en dan heb ik mijn punt wel duidelijk gemaakt, dunkt me, kom ik als ik Eva 's ochtends op mijn fietsie langs het Hilton naar haar cultureel uiterst verantwoorde school breng, andere ouders als die ene mooie van Loïs Lane, Max Pam, Daniël Boissevain en Bastian Ragas tegen. Ook de grote acteur Jeroen Krabbé komt er, om zijn (ik neem aan) kleinkind te halen. En vroeger vloog Herman Brood onderweg nog weleens voorbij.

Het doet me allemaal niks meer. Volgens goed Amsterdams gebruik doe ik net of ik ze niet herken. (Effe tussendoor een anekdote: toen Rudi Carrell ooit een weekend terug in Amsterdam was, kreeg hij een spontane egodepressie: niemand liet merken dat men hem herkende. Rudi, zo wil het verhaal, wist niet hoe snel hij de wieber moest maken, *zurück in die Heimat*.

Hadden we die tactiek maar in '40–'45 gevolgd, had die Canadezen een hoop tijd en moeite bespaard.)

Met Johan Cruijff is dat anders. Cruijff is de buitencategorie. Natte jongensdromen. *As close to God as possible.* We schrijven donderdag 17 oktober in het jaar des heren 2000. Cruijff zou op bezoek komen bij Project X. Het kantoor van de Cruyff Welfare Foundation in het Olympisch Stadion zat naast dat van Project X, en dat schept een band. We hadden Hem al een paar keer buiten gespot ('Hallo...' 'Hoi, mannen') en hem daarna met wat mailtjes naar ons kantoor gelokt. Vraag me niet meer waarvoor – we zullen waarschijnlijk een smoes over een donatie aan Zijn stichting hebben gebruikt. Het doel heiligt de middelen.

Zijn komst bezorgde me in de ochtend al diverse stoelgangen. Alsof de goede Sint langskwam. Poepnerveus was Kluuntje.

Om 16.13 uur kwam Hij binnen. Johan Cruijff stond in ons kantoor. In eigen persoon. Nu moet u weten dat ons kantoor een grote open ruimte was, zonder hokjes, directiekamers en andere flauwekul. Alles en iedereen zat in dezelfde ruimte. Secretaresses, stagiaires, creatieven, accounttypes, schetsers, computernerds en de directie van de firma Project X. Gasten – meestal gewichtige marketingmanagers, captains of industry en directiestropdassen – liepen in bijna alle gevallen rechtstreeks langs alle bureautafels richting meetingroom, met op z'n best een lichte hoofdknik naar de meute ter begroeting.

Zo niet Johan. El Salvador kwam binnen, keek rond, en ging op z'n gemakkie langs alle tafels. De Grootste Voetballer die ons land ooit heeft voortgebracht, met een wereldwijde naamsbekendheid waar koningin Beatrix, Vincent van Gogh en Piet Hein groen en geel van jaloezie van zouden worden, schudde Boris (23), Marc (28), Johan (47), Don (41), Devy (24), Jony (24), Eric (27), Arjan (38) en Kluun (36) één voor één de hand. En sprak daarbij telkens één onvergetelijk zinnetje. 'Hallo, ik ben Johan.'

'Hallo. Ik ben Johan.' Mocht ik ooit bekend, beroemd of berucht worden en mochten er bij mij kapsones van welke aard dan ook zijn te ontwaren, verzoek ik u hierbij vriendelijk doch

dringend om mij boven op mijn bek te timmeren en mij te herinneren aan het bezoek van Zijne Koninklijke Hoogheid aan Project X, donderdag 17 oktober 2000, 16.13 uur.

'Hallo. Ik ben Johan.'

Ibiza

Ieder jaar als de herfst hier weer met bakken uit de hemel valt, vertrek ik voor een weekend naar Ibiza. Daar is het dan zonnig. Althans, dat heb ik me laten vertellen, zelf heb ik daar nooit wat van gemerkt, de eerste jaren wist ik eerlijk gezegd niet eens zeker of er überhaupt wel daglicht was op dat eiland.

Diegene die een ander nablaat dat house dood is en Ibiza passé, kent de *closing parties* niet. Rond de derde week van september, als de Engelse voetbalhooligans en Nederlandse *Het-is-hier-fantastisch*-gezinnetjes het eiland hebben verlaten, gaat Ibiza pas echt los.

Of ik daar niet veel te oud voor ben? vragen mensen me weleens.

'Jazeker!' is mijn gebruikelijke antwoord.

Sommige mensen moet je niet slimmer maken dan ze zijn. Liever te oud dan voor het laatst op stap zijn geweest in de tijd dat Sinterklaas nog geen baardgroei had. Liever te oud dan sinds je vijfentwintigste niet meer op Lowlands komen omdat de wc's er zo stinken. Liever te oud dan in te kakken op je dertigste om vervolgens te wachten tot je zeventigste voor je begraven mag worden.

Maar waar hadden we het over? O ja, Ibiza, en de mateloosheid van het nachtleven aldaar is groots en meeslepend.

Tja, het kost wat, inderdaad. Bij het afrekenen van een rondje vraag ik me altijd af of de barkeeper misschien dacht dat ik de hele zaak wilde overnemen.

En tja, er wordt aardig wat aan chemicaliën genuttigd, er zijn mensen bij voor wie je, mochten ze komen te overlijden, beter de chemokar kunt bellen dan een begrafenisondernemer, of bij wie je op zijn minst de voltallige rouwstoet in de overlijdensadvertentie aan moet raden hermetisch gesloten witte pakken aan te trekken bij de teraardebestelling. Maar laten we niet hypocrieter zijn dan de politici in Brussel: als we iedere Europeaan zouden deporteren die nog nooit een joint, pil of ander euforisch middel tot zich heeft genomen, is Europa in één klap zo leeg dat Geert Wilders, Jean-Marie Le Pen en Filip Dewinter er natte dromen van zouden krijgen.

Neefje

Afgelopen vrijdag was mijn neefje jarig. Mijn neefje woont in Breda, en omdat hij tien werd, togen wij voor deze keer met het hele gezin vanuit Amsterdam richting het zuiden. Dat hebben we geweten. File op de A2. File op de A27. Eva wagenziek. Roos krijsen. Papa chagrijnig. Naat chagrijnig. Twee uur en drie kwartier later waren we er.

Neefje niet. Er zaten tantes, ooms, opa's, oma's en buren in huis, maar geen neefje. Neefje was met een paar vriendjes aan het voetballen, zei de moeder van neefje.

'Dan geven we die Ajax-poster en dat vaantje toch straks, joh,' zei Naat.

'Loop even naar het veldje hier om de hoek,' zei de moeder van neefje, 'dat vindt-ie heel leuk...'

Ik zuchtte en liep de achterdeur uit, door het poortje (zo gaat dat in Brabant, daar hebben huizen een poortje, in Amsterdam heeft niemand een poortje) naar het grasveld.

Neefje was aan de bal toen ik aan kwam lopen. Ze speelden drie tegen drie, met drie jassen en een tas als doelpalen. Ik bleef op gepaste afstand staan kijken. Neefje kon er best wat van en gooide er zelfs een schaar uit die ome Kluun hem bij zijn laatste bezoek aan Amsterdam geleerd had, op het gras van het Museumplein. Wat houterig en te langzaam, maar de beweging was er.

Een van zijn vriendjes riep iets tegen zijn teamgenoten en wees naar mij.

'Ome Kluuuuuun!' riep neefje en kwam op me af rennen. Hij sprong me in de armen, vroeg of ik zijn schaar had gezien, dat het 9–5 was, dat hij er al vijf gemaakt had en of ik mee wilde doen.

Ik schudde nee. 'Gaan jullie maar lekker door met je partijtje.' Ik hoopte vurig dat hij aan zou dringen.

'Aaaah, ome Kluun?' begon neefje al. 'Heel eventjes maar...'

'Doet u maar mee, hoor, meneer' zei een van de vriendjes. *U. Meneer.* Ik nam me direct voor hem neer te schoffelen zodra hij in mijn buurt zou komen.

Ik werd ingedeeld bij de ploeg die met 5–9 achterstond. Tegen neefje.

Ik zei tegen mijn teamgenootjes dat we, gezien de achterstand, het tactisch concept gingen veranderen: bij balverlies een meter of tien terugvallen en zonedekking in plaats van mandekking.

Ze keken me aan alsof ze Ali B. 'Bohemian Rhapsody' zagen zingen.

Ik vertaalde de tactiek in Jeugdjournaaltaal en zei dat die daar links en die daar rechts moest staan en dat iedereen die er langs zou glippen door mij zou worden opgevangen. Ze keken bewonderend en gehoorzaamden.

Het werkte. Ik verdeelde het spel als Wesley Sneijder, stofzuigde als Mark van Bommel en strooide met slimme passes als Rafael van der Vaart. Binnen een kwartier was het 8–9, dankzij drie doelpunten van mijn teamgenootjes, telkens uit messcherpe counters ingeleid door een dieptepass van ome Kluun. Mijn teamgenootjes glommen.

Op het hoogtepunt van mijn roem besloot ik voor eigen eer te gaan. Ik veroverde de bal met een ietwat forse schouderduw op het rotjoch dat meneer tegen me had gezegd, passeerde de andere jochies alsof ze er niet stonden, kapte neefje uit en tikte de bal achteloos met mijn hak tussen de twee jassen. 9–9.

'Ik zei toch dat-ie goed was,' hoorde ik neefje tegen zijn vriendjes zeggen.

Neefje nam de bal aan de voet en stak het veld over, zijn teamgenootjes totaal negerend. 'Ik pak 'm wel,' riep ik. Neefje kwam op me af en probeerde zijn schaar. Het leek nergens op. Hier zou een blinde met één oog nog niet intrappen. Neefje probeerde nog een schaar. Nutteloos. Neefjes teamgenootjes riepen dat neefje niet zo moest pingelen, dat hij die meneer toch niet voorbijkwam. Ik zette mijn linkerbeen en mijn rechterbeen iets uit elkaar. En nog iets verder. Dit ontging neefje niet. Hij zag zijn kans schoon, speelde ome Kluun door de benen, glipte er langs en scoorde. Juichend trok hij zijn vcel te grote gele NAC-shirt (met nummer 10 en neefjes naam erop) uit, slingerde het als een lasso boven zijn hoofd en rende met bloot bastje terug naar de eigen speelhelft, waar hij als een held werd ontvangen. Neefje c.s. – ome Kluun c.s. 10–9.

Zijn arm om mij heen geslagen, ondertussen druk vertellend tegen zijn vriendjes dat hij met ome Kluun op het Museumplein in Amsterdam op die schaarbeweging had getraind, liepen we terug naar huis.

Bij het poortje liet hij me los en begon te rennen. Ik hoorde hem apetrots joelen tegen zijn vader en tante Naat dat hij van ome Kluun had gewonnen en ome Kluun had gepoort.

Oom zijn is leuker dan schrijven.

De ontdekking van de liefde

Ik verbaas me al jaren over het feit dat de opiniemakers in ons land zwelgen in cynisme en zich lijken te schamen voor de liefde. In praatprogramma's, opiniebladen en kranten buitelt onze intelligentsia over elkaar heen om te vertellen waar het misgaat in Nederland, dat het allemaal nog veel erger wordt en wie daar schuld aan hebben.

Het gaat zelden over de liefde.

Als je als schrijver verkondigt dat je wél in de liefde gelooft, als je verkondigt dat niet economische, politieke of militaire middelen, maar alleen liefde op lange termijn een einde zou kunnen maken aan de teringzooi die we er samen van gemaakt hebben, word je direct in de hoek der softies gedrukt.

Liefde lijkt haast verbonden met naïviteit. Da's vreemd. Ga naar een concert van U2, Springsteen, Robbie Williams, Madonna, Coldplay: muzikanten verklaren wél schaamteloos de liefde aan de liefde. Zijn zij dan achterlijk?

Jezus, Boeddha, Gandhi, Mandela, Martin Luther King, de dalai lama? Ach, allemaal leuk hoor, wat die gasten verkondigden, maar in de wereld anno nu werkt het natuurlijk niet zo, hè?

Nee, zoals wij bezig zijn, zo gaat het lekker.

Lilleke meense

Mijn duikbrevet, mijn zwemdiploma's, de NS Publieksprijs – niets van dat al vervulde me met meer trots dan het bericht dat ik eergisteren in mijn mailbox ontving.

Ik ben officieel goedgekeurd door de beoordelingscommissie van datingsite www.mooiemensen.com. Mijn foto's zijn mooi genoeg bevonden.

Drie dagen lang hadden mijn vrouw en ik tot diep in de nacht zitten sleutelen aan mijn foto's, voor ze geschikt waren om in te sturen. Wie mooi wil zijn, moet fotoshoppen.

Het weghalen van mijn neusharen was een klusje van niks, maar het retoucheren van dat hangend ooglid kostte mijn vrouw een halve nacht op de computer. En zo'n in jaren opgebouwde onderkin is er ook niet zo een-twee-drie af, zelfs niet met een fotobewerkingsprogramma. En nu we toch bezig waren, mochten mijn schouders ook wel wat worden verbreed, vond mijn vrouw.

Om half twee 's nachts durfde ik eindelijk op de verzendknop te drukken.

En toen was het afwachten geblazen. Het kon wel een paar uur duren, vermeldde de tekst op de site. U mag gerust weten dat ik die nacht drie keer stiekem mijn bed uit ben gekropen, maar telkens was mijn gang naar de computer vergeefs. Niks, nada, noppes, de beoordelingscommissie van www.mooiemensen.com had blijkbaar een vrije nacht. De ochtend erna keek ik met angst en beven naar ieder binnenkomend mailtje. Dan was het weer Heleen van Royen die voorzichtig informeerde of ik al door de ballotage van www.mooiemensen.com was, dan hing Susan Smit weer bloednerveus aan de mail, dan was het weer een nagelbijtende Renske de Greef, die nu al een week niks gehoord had. Alleen Connie Palmen had nieuws. Afgekeurd.

Eindelijk, eindelijk, maandagochtend om 11.36 uur kwam het verlossende bericht: een mail van het Team Mooie Mensen met het bericht dat ze onder de indruk van mijn foto's waren! Ik was goedgekeurd en o ja, of ik nog even € 79,95 voor het eerste jaar wilde betalen, maar dat had ik er na al die ontberingen graag voor over. Al had ik het geld op mijn knieën moeten brengen.

Sinds twee dagen ligt de wereld van de mooie mensen voor me open. Ik kreeg de afgelopen dagen mailtjes van Angelina, van Lovely, van Blue Eyes, van Sunshine, van Eyebrow, van Vuurvlinder — de ene vrouw nog mooier dan de andere. En dan te bedenken dat er op www.mooiemensen.com nog honderden mooie mensen, keurig gerangschikt op lengte, gewicht en kleur ogen, smachtend op een berichtje zitten te wachten of ik hen ook mooi genoeg vind om me in het openbaar mee te vertonen. Want, zoals de beroemde Brabantse wijsgeer Theo Maassen stelt: *Ut gao om ut karakter, maor ge mot d'r ôk mee over straot kunne.*

En toen sloeg de twijfel toe.

Hoe moest ik die vrouwen onder ogen komen zonder fotobewerkingsprogramma? Ik kan toch moeilijk mijn vrouw meenemen op een date en haar dan met haar ene hand mijn ooglid laten optillen en met de andere mijn onderkin laten verbergen? En hoe moet dat met mijn buik zonder Adobe fotoshop Pro bij de hand?

Ik werd er onzeker van, ik werd bevangen door een acute aanval van mooiemensenvrees, sorry Angelina, Lovely, Blue Eyes, Sunshine, Eyebrow, Vuurvlinder — ik zou me ongemakkelijk voelen bij jullie schoonheid, bij jullie voel ik me ineens weer net als vroeger, toen ik een bril droeg waarbij de ene na de andere lolligerd vroeg of ik op weg was naar de duikschool. Ik voelde me ineens weer als die puber die met zijn overdadige puisten-

gezicht als half mens, half broodje shoarma door het leven ging in het Tilburg van de jaren tachtig.

Ineens kreeg ik een idee. Tilburg. Mijn Tilburg. De stad van het lelijkste dialect van Nederland, de stad van *'We hebben un clubke opgericht voor meense méé un lillek gezicht en daor hûrde gij bij'.* Wat www.mooiemensen.com kan, kan ik ook, dacht ik. En daarom introduceer ik hierbij officieel de eerste datingsite voor lelijke mensen: www.lillekemeense. com. Waar lillek lillek ontmoet. Vanaf heden *on air.*

De regels zijn net als bij www.mooiemensen.com: wij bepalen of u wel lelijk genoeg bent.

Anders dan bij www.mooiemensen.com hoeven wij er niet aan te verdienen. Als we maar kunnen lachen.

'We hebben un clubke opgericht...'

LILLEKEMEENSE.COM
WAOR LILLEK LILLEK ONTMOET

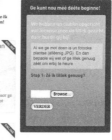

TÔS · NIJUS · LID WORRE · OVER DEES SÉÉT

KOST GINNE FLIKKER

Probéér mar us

Alléénig lillek meense!

Zuuke

Ik ben een man ▾ · Ik zoek een vrouw ▾

van 23 ▾ t/m 39 ▾ jaar

ZUUKE

Dees meense staon d'r al op mee hun harses.

Ge kunt ermee tajette, belle of médie agge ôk beslôt lid te worre van LillekeMeense.com! En dè kost ginne flikker.

Dave Heijnerman
Ik wil:
Un goei gesprek
Op zoek naor:
Iemand die lief is
Men hobbies:

Meer:
Zoas Theo Maassen zéé: 'karakter is belangrijk, maor ge mot d'r ôk mee over straot kunne.

Kluun (24)
Ik wil:
Un goei gesprek
Op zoek naor:
Iemand die lief is
Men hobbies:

Meer:
Veul meense denke, as ze me zien, dè ik op weg waar naor un lasklus of de'k zjuust mun dúúkbrevet ha gehaolt. Mar des gewôn mun pondje bril.

Sjarrel Darwing
Ik wil:
Un goei gesprek
Op zoek naor:

Ge kunt nou méé dééte beginne!

We hebbe n'un clubke opgericht vur meense mee un lillek gezicht, daor hurde gij bij!

Al we ge mot doen is un fotooke plaotse (alféénig JPG). En dan bepaole wij wel of ge lillek genuug zéét om erbij te heure

Stap 1: Zé ik lillek genuug?

[Browse...]

VERDER

Piet
Ik wil:
Ok wel us unne keer neuken
Op zoek naor:
Iemand die schoon is
Men hobbies:
poepen
Meer:

LILLEKEMEENSE.COM
WAOR LILLEK LILLEK ONTMOET

TÔS · NIJUS · LID WORRE · OVER DEES SÉÉT

KOST GINNE FLIKKER

Probéér mar us

Alléénig lillek meense!

Zuuke

Ik ben een man ▾ · Ik zoek een vrouw ▾

van 23 ▾ t/m 39 ▾ jaar

ZUUKE

Over LillekeMeense.com
Waor lillek lillek ontmoet.

Is ur un clublied?
Dè denkt! We hebbe un clubke opgericht vur meense mee un lillek gezicht, daor hurde gij bij! (4x)

Vur we vur meense is deze sitt?
Vur meense die zo lillek zèn dè ge denkt: hoe kan un moeder van zô'n kéénd houwe.

Waorom is deze site niet in gewôon Hollands, maor in ut Tilburgs?
Al us ôot op de Tilburgse Kèrremes gewist? Nergens op d'n wèruld zèn zoveul lilleke meense bij mekaor as dan. De Mupputsjoo is ur niks baaj.

En ak gin Tilburgs praot?
Dan hedde vette pech. Taolekennus is un irste selectie is. Agge gin Tilburgs praot of verstaot, dan kunde mischien nog wel lillek zèn, mar nie mee goei fatsoen zegge dô gu d'r nog trots op zèèt ôk.

Moet ik veul betaole om lid te meuge worre?
Bende gek. Ginne rooie rotcent. Ut mot wel leuk bléève.

Meude ôk fotookus van aandere meense op dees site zette?
Ge mot doen wè ge nie laote kunt (We doen net of ons neus bloejt)

Wie bepaolt of ik wel lillek genoeg zèè?
Ikke, zéé de gek. O'jè, en vur de vorrum doe'k net of ur un deskundig tiem is, dè de ingestuurde fotookus scrient en bepaolt of iedereen voldoe aon de dur dees sèète gestelde criteria vur sonmelding. Rotte (te schône) appels worre dus vuraf gefiltord en kommersjille aonbiejers hebbe dus ginne man kaans. Ut tiem bestao ôt meense uit de Tilburgse sien, dus aon inzicht gin gebrek.

Komt ur ôk un fist?
Wè denkte gij! Mee Carnaval, mee de Tilburgse Kèrremes, zoveul as ut mar gao. Ge mot viere wèttur te viere valt. Dan kunde aandere lilleke meense ôk in ut wild

Gebröksvurwèèrde
Dees webséét lillekemeense.com is een dééting-survies die alléénig bestemd en ôope vur lilleke meense.
LillekeMeense.com gaot er zelluf nie tusse sitte en gift ôk ginnen goeie raot. Daormee hoeve me ons ôk nèrregas we van aon te trèkke, we hoeve wettelik nie te wééte wie gij zèèt, en me hoeve nie nao te kèèke wège ammaol vur onzin ôtkraomt.

We zèèn niet aonspraokeluk, ge wit tô nie waor me wône. ô jè, me denke dè ge wel altaaj ons bietje mot ôtlèèkke vur ge we gesprikt méé iemand. Ge het d't zotte bijzitte, hor...

Misbrôk?
Denkte dè éen of anderen oetluj jouwe foto op deze sèèt hèè gezet om te zieke? Dan haole me d'r um toch wèer gewôn af. Of wilde gewôôn iets vraoge of iets kwèèt? Méél ut ons. redaksie@lillekemeense.com

Nie lillek genuug?
Porbeert oew geluk baaj onze collega's, mischien wille hullie oe wèl hebbe:
Daten voor mooie meensen
Daten voor Mooie Mensen met humor
Daten voor hoger opgeleiden
Daten voor 40+ers
Daten voor allochtonen
Daten voor joden
Daten voor Limburgers
Daten voor senioren
Daten voor studenten
Daten voor hoeren
Daten voor fietsers
Daten voor trackers
Daten voor rukkers
Daten voor Christenen
Daten voor moslims
Daten voor lesbo's

Opruimen

Wij hebben een te groot huis.

Hè, wat naar voor je, hoor ik u denken. Toch moet u dit probleem niet onderschatten. We hebben namelijk een groot huis én er wordt bij ons nooit wat weggegooid. Alles wat er ooit binnenkomt, is *there to stay*. Goed, er gaat weleens wat beschimmeld brood in de vuilnisbak en vorige maand heb ik van mijn vrouw nog een gebroken vaas mogen weggooien, maar dan houdt het toch op.

We hebben een kantoortje, waar je www.routeplanner.nl voor nodig hebt om de pc te lokaliseren. De boekenkast in de huiskamer is grotendeels aan het zicht onttrokken door de boeken en tijdschriften die ervoor liggen opgestapeld.

Het summum van niks weggooien is onze kelder. Die bestaat uit drie ruimtes.

Eentje dient als opslagplaats van materialen voor in & om het huis. Een archeoloog zou hier menig interessant uurtje kunnen doorbrengen, ik sluit niet uit dat er zaken liggen waar het Amsterdams Historisch Museum grof geld voor zou bieden.

Zo ligt er een kubieke meter tegeltjes die we – of de vorige bewoners, of die daarvoor – over hadden na een verbouwing. Er staan zoveel aangebroken potten verf dat er een chemokaravaan voor nodig is om op ze op te halen. En een rol vloerbedekking waar je overheen moet klimmen om de kelder überhaupt in te kunnen.

De ruimte ernaast is voor de categorie diversen. De wapeninspecteurs van de NAVO zouden meer werk hebben om hier iets te vinden dan met het uitkammen van heel Irak op zoek naar verboden wapens. Kinderstoeltjes, jassen, ongewassen carnavals- en skikleding, een bed dat zonde is om op Marktplaats te zetten, dozen van de Dell-computer die ik in 2002 heb aangeschaft, een jaarlijks groeiende stapel dozen met kerstversiering en een opgeblazen opblaaszwembad. Daar ben ik schuldig aan, want afgelopen zomer heb ik me dik anderhalf uur het zweet tussen de billen staan pompen en over een paar maanden is het toch weer voorjaar.

Vorige week kwam ik voor het eerst sinds weken in de derde ruimte, de speelkelder van de kinderen. Ooit het enige ingerichte deel van de kelder. Het is dat het in deze tijden niet gepast is, anders zou ik zeggen dat het eruitzag of er een bom ontploft was. Zelf ontplofte ik ook zowat. Mijn oudste dochter keek me aan en vroeg of er iets was.

'Ja!' schreeuwde ik. 'Dat het hier een verschrikkelijke puinhoop is, dat is er! Woensdagmiddag wordt er niet met vriendinnetjes gespeeld, voor dat deze *@!#kelder is opgeruimd.'

'En de rest van het huis dan?' vroeg mijn dochter.

Ioooo ioooo ioooohooo

Er zijn mensen die precies weten waar ze waren toen Pim Fortuyn in het Mediapark in Hilversum door Volkert van der G. werd neergeschoten, toen Theo van Gogh bij het Oosterpark in Amsterdam door Mohammed B. werd neergestoken en toen Marco van Basten in het Volksparkstadion in Hamburg door Jurgen Kohler werd neergesabeld.

Ik weet nog exact waar ik was op de momenten dat er muziekgeschiedenis werd geschreven. Nee, schrik niet, ik ga u niet vermoeien met Elvis of Bill Haley, zó oud ben ik nu ook weer niet, maar we gaan wel terug naar de vorige eeuw.

1991. Met de Club van 8, het oud-strijderslegioen van de heao-lichting 1986, was ik op veldtocht in Nijmegen. Daar, in Doornroosje, draaide een dj een plaat, zo heftig, zo hard, zo meeslepend: een vulkaanuitbarsting van energie. Ik herinner me dat ik al pogoënd alle hoeken van de zaal heb gezien. Direct erna zocht ik de dj op en vroeg hem, nog nahijgend van het springen en schreeuwen, wat dit in 's hemelsnaam voor band was. Hij grijnsde en schreef het voor me op. Het briefje zit nog altijd in de cd, die ik direct de dag erna heb gekocht. 'Smells Like Teen Spirit' van een bandje dat Nirvana heette.

Twaalf jaar eerder. 1979. De aula van het Theresia-lyceum in Tilburg. Ik, vijftien jaar oud, met puisten zo groot en actief als de Vesuvius en een bril die de indruk wekte dat ik net terugkwam van een lasklus, stond aan de kant. Ineens draaide de drive-in-dj de vreemdste muziek die er ooit binnen de stadsgrenzen was gehoord:

Now what you hear is not a test / i'm rappin to the beat / and me, the groove, and my friends / are gonna try to move your feet

Het was een soort klunen op muziek, een uit de hand gelopen soundcheck, en niemand had kunnen bevroeden dat hiphop groter zou worden dan soul, reggae en disco ooit waren geweest. *Now what you hear is not a test* – zonder The Sugar Hill Gang, de grootvaders van de hiphop, hadden Ice Cube, Ice T., P. Diddy, Baas B., Ali B., Doris D. en Drs. P. of hoe ze allemaal ook mogen heten nu nog kansarme hamburgers staan bakken voor Burger K. of McD.

Maar er is één band die het einde van de jaren zeventig bepaalde, wat zeg ik: volledig confisqueerde. Het was geen reggae, het was geen new wave, het was geen punk – het was The Police. De eerste keer dat ik van ze hoorde was in de *Avondspits* bij Frits Spits. 'So Lonely'. Die stem. Die bas. Dat drumritme. Die jankende gitaarsolo. En een schreeuwende Frits: *Wil je ze beter?* Ik *HEB ze niet beter!!!* Een paar maanden later stond Wim de Bie met zijn grote lijf en de hoes van *Reggatta de Blanc* voor de camera te springen, ioooo ioooo ioooohooo schreeuwend en luid verkondigend dat de nieuwe Rolling Stones waren opgestaan.

Dat was voorbarig. Niet The Police maar U2 werd de nieuwe Stones, Sting kocht een luit en ging aan tantraseks doen en The Police was al weer voorbij voor de jaren tachtig goed en wel begonnen waren.

Het doet er ook niet echt toe. Oasis leek twee albums lang de nieuwe Beatles te worden, Johan is volgens sommige mensen (ik) even goed als The Beatles, Radiohead is de reïncarnatie van Pink Floyd, de Arctic Monkeys zijn de redders van de britpop. Het vergelijken en bediscussiëren van muziek en vooral bij hoog en bij laag van alles en nog wat beweren over muziek is net zo leuk als het luisteren naar muziek. En wat het allerleukste is? Lijstjes.

Daarom heb ik Kluuns Top 100 Aller Tijden samengesteld.

Ik heb mezelf één spelregel opgelegd (ter voorkoming dat mijn Top 100 zou bestaan uit 53 Springsteen-, 21 Radiohead- en 18 U2-liedjes, aangevuld met wat verdwaalde Coldplay-, REM- en housenummers): van iedere band of artiest slechts één song. O ja, het is míjn Top 100. Als u het er niet mee eens bent, dan hebt u a) groot gelijk en b) pech.

Laat dat u er niet van weerhouden om mijn keuze te bekritiseren, ridiculiseren, aan te vullen, ondermijnen en er, desgewenst, ter lering en de vermaeck, uw eigen lijst onder te zetten.

Kluuns Top 100 Aller Tijden

1. Bruce Springsteen – Badlands
2. REM – Man on the Moon
3. Coldplay – Clocks
4. The Troggs – Love is all Around
5. Snow Patrol – Run
6. Radiohead – Exit (music for a film)
7. Beach Boys – I Can Hear Music
8. David Bowie – Heroes
9. Faithless – God is a DJ
10. Depeche Mode – Enjoy the Silence
11. De Dijk – We beginnen pas
12. FLC – The Fun Lovin Criminal
13. U2 – Where the Streets Have No Name
14. Suede – Trash
15. Elvis Presley – If I Can Dream
16. All Saints – Black Coffee
17. Jefferson Airplane – White Rabbit
18. Peter Koelewijn – KL204
19. Puccini – La Bohème – Che gelida manina
20. Oasis – Look Back in Anger
21. Robbie Williams – Come Undone
22. Pearl Jam – Alive
23. The Verve – Bitter Sweet Symphony

24. Beatles – You Got to Hide Your Love Away
25. Pink Floyd – Comfortably Numb
26. Ramses Shaffy – Laat me
27. Underworld – Born Slippy
28. Neil Diamond – I Am I Said
29. Herman Brood – Love You Like I Love Myself
30. Black Crowes – Jealous Again
31. Simon & Garfunkel – The Boxer
32. Nena – Leuchtturm
33. Johan – Everybody Knows
34. The Police – Every Breath You Take
35. Wolfgang Amadeus Mozart – Dies Irae
36. Inner City – Big Fun
37. Little River Band – A Long Way There (de lange versie van dik 9 minuten)
38. Roy Orbison – It's Over
39. Tröckener Kecks – In tranen
40. Doe Maar – 1 nacht alleen

Nummer 41 t/m 100 vindt u – mocht u er genoegen in scheppen – terug op www.kluun.nl. Google op 'Kluuns Top 100 Aller Tijden'.

Reacties op Kluuns Top 100 Aller Tijden

Aaa

Wat boeit jouw top 100 nou Kluun? Zo bijzonder ben je nou ook weer niet. Hou je liever bezig met columns en boeken schrijven aub.

Anneke

Ik kan je smaak totaal niet volgen Kluun, aardige liedjes afgewisseld met (heel af en toe) een echt goed nummer.

Een groenige teint

Wijn is ingewikkeld spul. Niet het drinken ervan, dat heb ik aardig onder de knie. Ik drink nu zo'n kleine dertig jaar wijn en beheers tegenwoordig het nippen, het proeven, het doordrinken en het slempen, al gaat het laatste me nog altijd het beste af. Het voelt natuurlijker. Ik kom uit Tilburg.

Het begon simpel. Het eerste glas wijn dat ik dronk kwam uit een fles Caveau. Het waren de jaren zeventig, waarin het leven van een consument overzichtelijk was. Gympen waren van Adidas, maggi van Maggi, jeans moest Lois of hooguit Wrangler zijn, verzamel-lp's kwamen van Arcade, en wijn dat was Caveau. Uit de kelders van Verbunt. Ooit fietste ik, op weg naar de lastige uitwedstrijd tegen het negende van Zigo, langs een industrieterrein en zag daar plots in neonletters VERBUNT staan. Daar bevonden ze zich dus, die roemruchte kelders. Op industrieterrein Oost in Tilburg.

Na de Caveau werd mijn prille vinologische carrière beheerst door Rioja's, Lambrusco's en — ik schaam me nergens voor — de onvermijdelijke flessen Matteus en Canei en al wat Albert Heijn verder die week in de aanbieding had. Mijn ouders zweren nog altijd bij die tactiek. Als de Berberana in de reclame is, wordt de achterbank van de Toyota Yaris neergeklapt en worden de dozen Berberana met industriële hoeveelheden ingeslagen.

Nee, dan ik. Kon ik vroeger hooguit het verschil tussen rood en wit onderscheiden (al durf ik zelfs niet zeker te stellen of ik die test geblinddoekt had doorstaan), tegenwoordig weet ik proefondervindelijk dat chardonnay en ik nooit vrienden worden, dat het meeste spul uit de Elzas me goed bevalt en dat ik bij bordeaux zowaar een niet gespeelde vorm van wijnsnobisme heb ontwikkeld: het moet duur zijn, anders vind ik het niks.

Enkele jaren geleden waagde ik het zelfs om een wijncursus te volgen. Mijn reukorgaan mag er qua formaat zijn, maar sinds ik ooit van de voorstopper van het negende van Zigo een formidabele trap tegen mijn neus kreeg, lijd ik aan een scheef neusbeentje en een gemankeerd reukvermogen. Dat helpt niet bij het wijnproeven. Heel, heel af en toe ontwaarde ik tijdens de cursus iets van citrusvruchten, drop, perzik, hout of kurk (dat laatste hoort niet, heb ik daar geleerd) in een wijn, maar als ik mijn medestudenten hoorde oreren wat ze allemaal in dat ene bodempje wijn hadden geproefd, zat ik meestal te kijken alsof ik ze de horlepiep zag dansen. Ingewikkeld spul, ik zei het al.

De avond dat ik besloot dat ik me er beter bij neer kon leggen dat de eerste de beste stagiaire bij een slijter meer verstand van wijn had dan ik ooit zou krijgen, was toen ik ten overstaan van de hele cursusgroep stug bleef volhouden dat de Pouilly Fumé die ik in mijn glas had toch echt een groenige kleur had.

Bij het verlaten van het proeflokaal ontdekte ik dat het nooduitgangbordje, dat zich in het proeflokaal achter mijn glas bevond, weleens met die groenige teint te maken kon hebben gehad.

Meestal valt het toch tegen

'Heb jij Rusland – Georgië nog een beetje gevolgd?'

'Alleen de samenvattingen.'

'Ik ook. Het kon me als kijkspel niet echt boeien.'

'Blijft toch een nationale competitie; het raakt je niet als neutrale toeschouwer.'

'Het valt meestal tegen, die oorlogen.'

'Ja, je verwacht er veel van, maar meestal draait het uit op oeverloos tactisch geschuif.'

'Er is gewoon te veel geld in het spel. De belangen zijn te groot geworden, met al die televisie en zo.'

'Vroeger was het ook vaak niet om aan te zien, hoor.'

'Niet?'

'Ik heb weleens een video gezien over de Tachtigjarige Oorlog. Kwam geen eind aan man. Het leek wel cricket. En maar praten, overleggen en weer praten.'

'O ja. Joh, ik weet niet eens meer wie eraan meededen. Nederland, toch? Tegen?'

'Spanje.'

'Toch kijk ik er elke keer wel weer naar uit, vooral naar die wereldoorlogen. Al krijg je als kijker vaak het deksel op je neus. Neem nou die Eerste Wereldoorlog.'

'Is dat die met Tom Hanks?'

'Nee, dat was de Tweede. Ik bedoeld de Eerste. Met Duitsland, Engeland, Frankrijk.'

'O ja, die. Toen begon het al met dat verdedigende spel. Iedereen groef zich in en dan maar wachten op een fout van de tegenstander. Pas diep in de tweede helft kwam het een beetje op gang.'

'Dan worden ze moe en laten ze alle tactiek varen.'

'Nee, dan kan je van die Duitsers zeggen wat je wilt, maar die knallen er wel meteen in hoor.'

'Zo'n Hitler, die meteen in de eerste minuut Polen aanvalt.'

'En daarna Nederland.'

'Ja hallo, maar we vroegen er ook om. Dat leek nergens op, die verdediging, pfff...'

'Geitenkaas.'

'Ik ben op WK's en EK's altijd voor de Duitsers.'

'Ik ook. Prachtige ploegen. Steeds weer.'

'Vooral die in '40–'45.'

'Nou. Ik ken ze haast allemaal nog. Himmler, Goebbels, Eichmann, Schweinsteiger. En of ze nu thuis of uit spelen: ze gaan er altijd voor, die Duitsers.'

'Ja. Niks afwachten tot de laatste minuut.'

'Weet je nog, uit tegen Engeland, in '40? Vol op de aanval.'

'Rotterdam, tegen Nederland uit. Die aanvallen door de lucht...'

'En ik blijf erbij dat als die Tweede Wereldoorlog tien minuten langer had geduurd, Duitsland hem gewoon had gewonnen hoor.'

'Klopt.'

(...)

'Weet je wat wel een gave match was? Engeland – Spanje.'

'Met die boten?'

'Zo. Niet te flauw.'

'Argentinië – Engeland.'

'Mwah. Alleen het begin even. Maar toen kakte het in.'

'Ik herinner me ook helemaal niemand meer van die Argentijnse ploeg.'

'Jawel joh, Videla!'

'O ja.'

'Nelson Videla...'

'Weet je van welke ploeg ook altijd dreiging uitgaat? De Russen.'

'Ja! Altijd vol op de aanval. Weet je nog, Afghanistan uit, in '80.'

'O ja. Lastige ploeg hoor, Afghanistan. Dat zie je nu ook weer, tegen Nederland.'

'Wij hebben gewoon geen geld. Te kleine competitie.'

'Weet je waar je haast nooit meer wat van hoort?'

'Nee?'

'Italië.'

'In '40-'45 deden ze toch ook mee?'

'Roemloos ten onder. Kan jij je iets van hen herinneren in dat toernooi?'

'Nee.'

'Dan vroeger. Man, toen hadden ze half Europa in de tang.'

'Mooie ploeg. Mooie pakken ook.'

'Mooie jongens sowieso.'

'En die spelersvrouwen van ze...'

'Hoe heet die aanvoerder ook al weer?'

'Die gozer met dat lekkere wijf? Hoe heet ze, die Egyptische.'

'Dat was nog eens wat anders dan Eva Braun.'

'Ik vind Japanners altijd wel lachen. Die kunnen zo lekker geniepig zijn.'

'Nou. O, toen in '41, tegen de vs?'

'Ja, dat zagen die Amerikanen mooi niet aankomen.'

'Pas tegen het eind herstelden ze zich, met die onterechte treffer in Hiroshima. Zuiver buitenspel.'

'Maar wel een spectaculaire ploeg meestal, de vs. Winnaarsmentaliteit. En voor de duvel niet bang.'

'Ja, hallo, maar die budgetten van die gasten zijn niet te vergelijken met de onze...'

'Je moet slim zijn tegen ze. Niet meegaan in hun tempo.'

'Zoals Vietnam deed toen?'

'Ja.'

'Werden die toen niet door Hiddink getraind?'

'Nee, dat was Zuid-Korea.'

'O. Weet je wat de leukste zijn? Die toernooien buiten Europa.'

'In Afrika! Zo, die zijn hard. Meedogenloos.'

'Somalië.'

'Soedan.'

'Nou! Rwanda.'

'Spectaculair hoor.'

'En man tegen man.'

'Niks geen systemen.'

'En altijd blijven lachen hè, die negers, hoe vaak ze ook worden neergesabeld.'

'Al worden ze boven hun knieën afgezaagd.'

'En de spelvreugde druipt ervan af.'

'Ja, en niks voorbereiden, gewoon zo het veld in en los gaan.'

'En als je dan die materialen ziet waarmee ze moeten werken, tenhemelschreiend...'

'Ouwe autobanden...'

'Weet je wie ook te gek waren, vroeger? Die Noren. Die gooiden alles op de aanval.'

'Dat soort veldslagen zie je tegenwoordig niet meer met al die camera's en die herhalingen.'

'Nou, ho ho... De Balkanoorlog...'

'Toch kon me dat niet zo boeien.'

'Terwijl Nederland wel meedeed.'

'Niet noemenswaardig.'

'En ik vind het overgewaardeerd. Dat gedoe met die Karadzic nu weer.'

'Ja. Zo bijzonder was hij nou ook weer niet.'

'De minste van de drie. Milosevic was veel beter en vooral die Mladic, man, die is echt ongrijpbaar.'

'Maar met zijn drieën legden ze er anders wel een paar duizend per seizoen in, hoor.'

'Nee, dan was Irak − Iran, in '80, veel spannender. Zo. Dat ging erop hoor!'

'Ja, en hard... Daar gebeurde alles wat God verboden heeft, in die wedstrijd.'

'Met dat gif...'

'Maar na de wedstrijd: zand erover, niet zeiken, en weer dikke vrienden. Zo hoort het.'

'Irak is sowieso wel een van mijn favoriete landen, eigenlijk.'

'Ja. Ik heb genoten toen tegen Israël, man.'

'In '91? Ik ook. Ja, daar zette ik 's nachts de tv voor aan.'

'Met die Hussein, die leefde toen nog.'

'Met Israël heb ik het trouwens helemaal gehad.'

'Ja! Altijd maar praten en klagen en nooit echt vol op de aanval.'

'Alleen maar verdedigen.'

'Nou, en tegen Egypte en Libanon dan?'

'Ja, maar op grote toernooien staan ze er nooit.'

'Het wordt wel weer eens tijd voor een groot toernooi. Dat iedereen meedoet, dat het echt ergens om gaat.'

'Dat ook de Russen en de Amerikanen meedoen.'

'En China, daar verwacht ik ook veel van de komende jaren.'

'En die nieuwe landen, die zijn ook in opkomst. Syrië, Iran... Die moslimjongens zijn brutaal hoor.'

'Maar het zijn wel counterploegen. Een aanval per wedstrijd en dan kruipen ze weer in hun schulp. Overal was het hetzelfde: Madrid, New York, Londen.'

'Toch, hè, als die moslims samen een ploeg zouden vormen dan zou het wel wat kunnen worden.'

'Hm. Die trainer van Iran, hoe heet die ook alweer?'

'Ja, met die baard, Ahmadinejad, die wil wel. En als die het voor elkaar krijgt, dan kan het wel wat worden hoor. Stel dat-ie Afghanistan erbij haalt.'

'En een paar spelers van Al-Qaida.'

'In Nederland lopen ook nog wat jonge gevaarlijke Marokkanen rond.'

'Nou.'

'Dan heb je wel een aantrekkelijke, aanvallende ploeg hoor.'

'Dan heb je echt een toernooi waar de vonken vanaf vliegen.'

'Dan wordt het leuk.'

'Ik hoop alleen een ding, als dat doorgaat.'

'Nou?'
'Dat Hiddink dan bij ons tekent.'

Hoe je

Hoe je iedere ochtend met je lieve stemmetje roept dat je wakker bent.

En een lief stemmetje blijft houden als het even duurt voordat ik doorheb dat ik het lieve stemmetje niet droom, maar dat het afkomstig is van jou.

Hoe je vervolgens geduldig ophoudt met roepen zodra je hoort dat ik de trap afstrompel, de vierentwintig treden naar beneden, naar jouw kamertje.

Hoe je me dan aankijkt als ik de deur open en ik 'goeiemorgen lief snuitje van me' zeg.

Hoe je met Nijnie tegen je borst gedrukt je armen om me heen slaat en je hoofdje op mijn schouder legt als ik je uit je bedje til.

Hoe je dan even je speentje uitdoet om me een kus te geven.

Hoe ik in mijn schouderholte voel dat je met je hoofdje knikt, als ik zeg dat mama nog slaapt en dat je wel tussen ons in mag liggen, maar niet mag praten, niet mag draaien en niet net zo als gisteren met je handjes aan mama's haren mag trekken.

Hoe je dan, net als gisteren, zegt dat je dat belooft maar dat je nu eerst moet plassen.

Hoe je dan zit op de wc, in het te felle licht, met je beentjes bungelend en je blik op de muur voor je.

Hoe je dan met je speentje in je mond 'klaar' zegt.

Hoe je je dan weer als een slappe slaperige pop laat optillen.

Hoe je je armpjes nog steviger om mijn hals slaat als ik zeg dat je me goed moet vasthouden op de trap, omdat papa ook nog niet zo wakker is.

Hoe je dan in onze slaapkamer naar het midden van ons bed

kruipt, zo zachtjes mogelijk om mama niet wakker te maken (vergeefs).

Hoe je, tegen alle peuterprincipes in, je best doet om weer in slaap te vallen, terwijl het toch al half zes is. Als we mazzel hebben.

Hoe je daar dan ligt, met je speentje in, Nijnie stevig tegen je aangeklemd, je oogjes dicht, met je handje woelend door je eigen krullen.

Hoe je, als de wekkerradio dan eindelijk, eindelijk is gegaan knikt als ik vraag 'of je nog even lepeltjes bij papa komt liggen terwijl mama gaat douchen'.

Hoe je dan, met je ruggetje naar me toe, vraagt of ik 'je rug wil massééééren'.

Hoe je vervolgens, als ik met mijn duimen je schoudertjes masseer, helemaal ontspant en stil bent, waarschijnlijk voor het laatst deze dag.

Hoe je 'nog eventjes' zegt als ik zeg dat we nu toch echt op moeten staan, omdat mama klaar is met douchen en mijn duimen een vergaande tijdelijke staat van reumatiek dreigen te ontwikkelen.

Hoe je nog dan checkt of 'papa jou altijd zal bescherrummen', omdat ik je dat een tijdje geleden een keer heb ingefluisterd.

Hoe je dan, voor we uit bed gaan, zegt dat je verliefd bent op papa. En op mama. En op Eva. En op Nijnie.

En hoe je gisterenochtend aan de ontbijttafel verwachtingsvol naar mama's buik keek, die buik met je handjes streelde en toen met een ernstig gezicht verklaarde dat je zeker wist dat die baby die nu in mama's buik zit te wachten tot hij eruit mag, net zo lief en zacht zal worden als jouw Nijnie. En misschien nog wel liever.

Vijf jaar later

Naat en ik hadden ooit een, hoe zal ik het noemen, enigszins wankele relatie. Zittend aan een cocktail op het terras voor het Louvre, net begonnen aan wat een romantisch weekend had moeten worden, had ik bedacht dat het altijd goed is om te zeggen wat je denkt (het was de tijd van Pim Fortuyn) en dat deed ik dus ter plekke.

'Hartstikke leuk dat we hier samen in Parijs zijn, maar het wordt nooit iets tussen ons. Dat weet je toch, hè?'

Dat wist Naat niet.

Meteen heel het weekend naar de kloten natuurlijk.

Ik had het kunnen weten.

Het klikt niet tussen Parijs en mij. Ik heb de stad nooit begrepen. Amsterdam, Londen, Bangkok, New York, München, ja zelfs Rotterdam begrijp ik, maar Parijs niet. (Dat ik amper Frans spreek helpt natuurlijk niet, maar dat kan toch niet de oorzaak zijn. Mijn Zweeds bijvoorbeeld beperkt zich tot de in het nachtleven noodzakelijke beleefdheidsvormen, en daarmee heb ik in Stockholm en op Rhodos ooit fantastische tijden beleefd.)

Ik heb het eigenlijk op heel Frankrijk nooit zo gehad. Ik gedoogde het land, maar daar hield het dan ook mee op.

Dat is vervelend, want om Frankrijk kun je niet heen. Als je niks hebt met Swaziland of Noord-Korea, ach, geen man over boord, maar Frankrijk, dat is lastiger. Ze hebben het namelijk zo voor elkaar, die Fransen, dat waar je ook met de auto naartoe wilt, het altijd in de weg ligt. Frankrijk is een te groot ligbad in een te kleine badkamer: je gebruikt het nooit, maar je stoot er elke ochtend op weg naar de wastafel je knie aan.

Vroeger, voor ik er ooit was geweest, geloofde ik de foto's en reportages in glossy magazines, waarin Frankrijk werd afgeschilderd als een romantisch land waar je goed kon eten, de mensen stijl hadden en van het goede leven hielden. *Zjwa de vievre.*

Sinds ik kinderen heb en Frankrijk noodgedwongen in beeld kwam als vakantieland — want dichtbij en Nederlandse kindjes op de camping — weet ik beter. Het Frankrijk uit de glossy's is niets meer dan een misleidende trailer voor een bioscoopfilm: na afloop kom je er achter dat de spannendste scènes allemaal in die trailer zaten en dat de rest van die anderhalf uur beter ongezien had kunnen blijven. Die Vendée, dat Les Landes, die Gironde, de Alliers... hou toch op.

Wat zegt u? Je kunt zo lekker eten in Frankrijk? Laat me niet lachen. Ja, in de sterrenrestaurants. De restaurants langs de weg zijn nog slechter dan onze Van der Valk. De pizza's in de campingrestaurants zijn nog abominabeler dan die bij Center Parcs. En twee keer zo duur, dat dan weer wel.

Maar die prachtige kastelen en die schattige dorpjes dan? Inderdaad. Ze bestaan. Ik heb ze zelf gezien, op enkele uren rijden van de snelweg, het binnenland in. Tegen de tijd dat we er waren, waren Roos en Eva strontvervelend. En ik dus ook. En daarna Naat. En dan helpt geen pittoresk dorpje of sterrenrestaurant meer.

Vijf jaar na ons teleurstellende tripje naar Parijs waren Naat en ik er weer. *Komt een vrouw bij de dokter* werd Boek van het Jaar en ik dacht: dat dient gevierd.

'Zeg het maar: waar wil je heen?' vroeg ik Naat.

'Parijs,' zei ze beslist.

Ik moet haar hebben aangekeken op de wijze waarop Eva doorgaans naar een bord spruitjes kijkt.

'Oké,' antwoordde ik na een tijdje. 'Parijs. Maar dan deze keer goed. Vanaf nu krijg je een verbod om je binnen een straal van een meter van mijn bankafschriften te begeven.'

Het was niet bepaald vervelend in Parijs, op deze manier. De suite in Plaza Athénée, caipirinha's in The Bar aldaar (zo'n tent van het type modellen-aller-landen-verenigt-u), ontbijt in de lounge met huisgemaakte rozenjam van zilveren serviesjes, een hotelconciërge met de Golden Keys voor de gastenlijsten van elke club, lunch in de binnentuin van Hôtel Costes (Naat vond de avocado met crab *da bomb*, ik was meer gecharmeerd van de rechtstreeks van de catwalk gestapte serveersters), diner in Le Relais Plaza, champagne bij het Louvre, en zal ik u eens wat zeggen?

Ik ben om. Als je bergen met geld meeneemt is Parijs een feest!

Dan is er wél lekker eten! Dan spreekt iedereen wél Engels! Dan is iedereen aardig!

Ben ik even blij dat ik in Amsterdam woon.

Haar bij haar en haar bij hem

Het moest er een keer van komen. Ik ontkom er niet langer aan om mijn visie op lichaamsbeharing te geven. Alle bladen staan er vol van. Benen, billen, ballen, borst en bikinilijn: alles wat maar naar haar neigt, moet weg. Het maakt niet meer uit of je man of vrouw bent: we mogen nog een plukje op ons hoofd behouden, wenkbrauwen en wimpers blijven eveneens (voorlopig) geoorloofd, als ik de advertenties van laserbehandelingsklinieken en ontharingscentra goed begrepen heb. Het valt me elke keer weer mee als ik onder dergelijke advertenties geen telefoonnummer zie staan van een instantie waar u mensen kunt aangeven die nog wel lichaamshaar durven te hebben. *Die Endlösung des Haarproblemes.* Veel pubers van nu weten niet eens dat vrouwen überhaupt schaamhaar ontwikkelen.

In LINDA. van een tijdje terug een artikel over 'De schaamhaarkapper'. Compleet met paginagrote foto's van kale en een enkele kek gekapte venusheuvel. Toen ik voor hetzelfde blad collega-schrijver Saskia Noort een keer interviewde, vroeg de eindredacteur, nadat ze mijn interview had gelezen, 'waarom ik niet had gevraagd of Saskia was geschoren'. Omdat het een interview voor LINDA. was, en niet voor *Candy*, mailde ik terug.

In *Spuiten & Slikken* werd dit voorjaar een vrouw tentoongesteld die, zoals Filemon Wesselink het uitdrukte, 'een behaarde doos had'. Het arme mens verscheen niet alleen met haar behaarde doos, maar tevens met een doos over haar hoofd in beeld, onherkenbaar, alsof het bezitten van schaamhaar op één lijn stond met het bezitten van kinderporno. Of dat niet heel onhygiënisch was, vroeg Filemon, 'al die resten sperma die toch

111

in je schaamhaar bleven plakken met de seks'. Filemon, jongen, als seks met schaamhaar echt zo schadelijk voor de volksgezondheid was, had jij niet eens bestaan. Begrijp me niet verkeerd, ik ken je moeder niet, maar het lijkt me sterk dat zij, toen jij werd verwekt, al een kale kut had.

Het Parool ten slotte wijdde afgelopen voorjaar in de weekendbijlage een artikel aan okselhaar: zes pagina's met foto's van jonge mannen in het Vondelpark, die hun oksels aan de fotograaf lieten zien. Want ook die moeten kaal, zo was de boodschap.

Tijden veranderen.

Ik herinner me dat ik als puber apetrots was toen ik eindelijk okselhaar begon te ontwikkelen. Eindelijk een stapje op weg naar mannelijkheid.

Ik weet van een vriendin die haar vriend altijd vertederd 'Mijn berenvel' noemde, omdat niets haar veiliger deed voelen dan zich met haar hoofd op zijn behaarde borst te vleien.

Ik weet nog dat ik, we praten over eind jaren negentig, met een maat regelmatig in een sportschool in de buurt van het Leidseplein kwam. Daar zag je bij het douchen in één oogopslag wie he en wie ho was: mannen met een kaalgeschoren klokkenspel waren nicht. Zo simpel was het tien jaar geleden. Die kale pikken en ballen zagen er in mijn heterobeleving behoorlijk eng uit, niet in de laatste plaats omdat er bij de meesten ook nog eens een piercing aan/door bal/eikel hing/stak.

En nu *moet* alles ineens kaal zijn. In een *Red*-artikel stond onlangs een foto van een in mijn ogen toch bepaald niet lelijke man met borsthaar met als onderschrift: 'Deze man kan echt niet meer.'

Het was onduidelijk van wie niet.

Ik word een beetje recalcitrant van de kaalslag. Van mannen en vrouwen van boven de dertig verwacht ik dat ze hun eigen stijl hebben ontwikkeld en weigeren mee te lopen met wat de modepolitie op dat moment toevallig voorschrijft. Mannen en vrouwen die zelf wel bepalen hoe ze zichzelf het mooist, prettigst, aantrekkelijkst, meest sexy en verzorgd vinden. Mannen en vrouwen die het zelfvertrouwen hebben om hun eigen smaak zwaarder te laten wegen dan wat de bladen ons opdragen.

Smaak en stijl laten zich niet verplicht afscheren.

Middeleeuws

In het voorjaar van 2008 verscheen de door anesthesisten en gynaecologen opgestelde conceptrichtlijn 'Pijnbehandeling tijdens de bevalling'. Iedere vrouw heeft straks recht op pijnbestrijding bij haar bevalling, op wat voor uur van de dag of nacht ook. Precies zoals het in al de ons omringende landen al jaren het geval is. Eindelijk zien we in Nederland het licht.

Zelfs in de eenentwintigste eeuw is pijn niet helemaal uit te bannen. Pijn komt meestal onvoorzien. Men kan tegen een winkelruit oplopen, botkanker krijgen of een been breken omdat men een verdediger van Birmingham City tegen het lijf is gelopen.

Gelukkig heeft de medische wetenschap in de loop der eeuwen antibiotica, morfine en narcose uitgevonden. Zo kan tegenwoordig 95 procent van alle pijn veroorzaakt door kanker verlicht worden. Er is maar één te voorziene situatie waarin de hedendaagse mens gegarandeerd belachelijke pijnen moet lijden. Bij een bevalling. Nu zie je een bevalling van mijlenver aankomen, en dat het pijnlijk zal worden ook.

In Amerika, Australië, Engeland, België, Duitsland, Frankrijk en Italië gaat meer dan 95 procent van de vrouwen naar het ziekenhuis of naar speciale kraamklinieken voor de bevalling.

In Nederland wordt thuis bevallen zonder pijnbestrijding als de norm gezien. Hoogleraar Herman Pleij over het Nederlandse fenomeen van thuis bevallen: 'Een curieuze folklore. Waar vrouwen elders pijnloos in het ziekenhuis bevallen, zetten wij het bed op klossen, rukken pannen met kokend water aan en duiken, heel middeleeuws, de vroedvrouwen op.' Wee de vrouw die al tijdens haar zwangerschap aangeeft dat ze straks een ruggenprik wil tegen de pijn.

Een paar procent van de vrouwen krijgt namelijk koorts, migraine of een tijdelijk verlaagde bloeddruk na een ruggenprik. Phoe. Is me dat schrikken. Ook wordt verteld dat men de weeën minder goed voelt. Nou is dat juist de bedoeling, maar de zwangere vrouw wordt wijsgemaakt dat ze dan niet precies weet hoe en wanneer ze moet gaan persen. Wat men vergeet te vertellen is dat in de ons omringende landen die pijnverlagende maatregelen worden gestopt tegen de tijd dat de vrouw voldoende ontsluiting heeft en mag gaan persen. Zo komt de vrouw niet uitgeput aan de start voor datgene waar het om gaat: het kind eruit poepen.

Cijfers uit een onderzoek van enkele jaren geleden door het tijdschrift *Kinderen*: 91 procent van de gynaecologen denkt positief over pijnbestrijding. Van de verloskundigen maar 40 procent. Dank je de koekoek. Verloskundigen (een fenomeen dat in geen enkel ander ontwikkeld land zo prominent aanwezig is als in Nederland) zijn geen medici en mogen wettelijk geen pijnbestrijding toedienen. Als Nederlandse vrouwen, net als vrouwen in de ons omliggende landen, massaal pijnstilling tijdens de eerste fase van de bevalling gaan vragen, is de verloskundige over enige tijd uitgestorven.

Nou, dan gaat de vrouw die dat wil toch lekker naar het ziekenhuis, zou je zeggen? Helaas. Met uitzondering van enkele academische ziekenhuizen zijn er in onze ziekenhuizen 's avonds na zes uur geen anesthesisten meer aanwezig. Vrouwen die de pech hebben om buiten kantooruren heftige weeën te krijgen — hoe durft zo'n baby — kunnen fluiten naar pijnbestrijding.

In andere landen bepaalt de vrouw, en niet de arts of verloskundige, of ze wel of niet pijn wil lijden. In Amerika weigeren alleen masochisten, mormonen en mafkezen pijnstillers. Daar, maar ook in België, Frankrijk, Engeland en Scandinavië bevalt 60 procent van de vrouwen met een vorm van pijnstilling.

Die pijnstilling kan met een ruggenprik of met het nieuwste

middel remifentanil zijn. Dat laatste is een door de vrouw zelf bij iedere wee te doseren pijnstiller. Beide pijnstillers zorgen ervoor dat de ontsluitingsweeën worden opgevangen, zodat de vrouw meer energie overheeft voor als het erop aankomt: de persweeën. 81 procent van de vrouwen die pijnbestrijding kreeg tijdens de bevalling, is hier achteraf positief over.

Vier jaar geleden startte ik op mijn site de actie Stop Zinloos Geweld bij Bevallingen, gericht tegen de Nederlandse bevallingscultuur van pijnverheerlijking en thuisbevallingen.* Hoewel ludiek bedoeld is de petitie ondertussen door ruim vierduizend vrouwen ondertekend.

Het wordt hoog tijd dat Nederland de bevallingsmiddeleeuwen uit komt. In andere landen bepalen niet de arts, het tijdstip of verloskundige hoeveel pijn de barende vrouw moet lijden, maar de vrouw zelf.

Over honderd jaar lachen we ons dood als we horen hoe vrouwen in Nederland tot in de eenentwintigste eeuw een kind moesten baren.

In het buitenland lachen ze nu al.

* Meer dan de helft van alle geplande thuisbevallingen van het eerste kind eindigt toch in het ziekenhuis.

Gepubliceerd in de Volkskrant op 3 maart 2008

De Tien Geboden
van het voetbal kijken

1 Gij zult niet meedoen aan een voetbalpool op kantoor, crèche of sportschool, zulks ter voorkoming dat u schreeuwt om een penalty voor die Italiaan.

2 Gij zult bij onverhoopt verlies niet blijven herhalen dat u het toch zo gezellig vindt om met zijn allen voetbal te kijken. Voetbal is er niet voor de gezelligheid, daar is *Ik hou van Holland* voor uitgevonden.

3 Gij zult niet roepen dat het maar een spelletje is of varianten daarop als 'Kom op zeg, er zijn wel ergere dingen in het leven', en gij zult al helemaal geen voorbeelden geven van zogenaamd ergere dingen. ('In Afrika hebben mensen niet te eten, dát is pas erg!')

4 Gij zult de buurvrouw die even langs komt wippen niet binnenlaten, die couscousschotel van de kookcursus niet op wedstrijddagen uitproberen en u ervan weerhouden in de uren voor de wedstrijdaanvang uw nieuwe mobiele telefoon te programmeren.

5 Gij zult ons vrijwaren van klussen van welke aard dan ook, en nee, ook tijdens de rust kunnen we niet even dat babybedje in elkaar zetten.

6 Gij zult niet opmerken dat er gisteren ook al voetbal was, 'en morgen toch zeker niet weer, hè?', noch vragen tot wanneer het toernooi eigenlijk duurt en zeker niet de hoop uitspreken dat Oranje vanavond wordt uitgeschakeld, zodat 'we tenminste weer door kunnen met ons leven'.

7 Gij zult niet vragen waar Dennis Bergkamp blijft, waarom Guus Hiddink bij Rusland op de bank zit, wanneer Marco van Basten zich zelf omkleedt en of dat niet Bas Muijs is die daar op de grond ligt en gij zult onder de rust niet zeggen dat u Youri Mulder zo'n lekkertje vindt.

8 Gij zult geen versnaperingen serveren die voor knaagdieren bestemd zijn, geen peen- of wortelsoort 'omdat die zo leuk oranje is' en bovenal niets dat rijmt op ofu, met name geen tofu. Voetbal = bruin fruit dat eerst tot 180 graden is verwarmd.

9 Bier.

10 Gij zult geen grensrechters corrigeren of met ons in discussie gaan, noch zult gij het toernooi benutten om uw kennis van de buitenspelregel op te vijzelen.

Houvast

Zondagavond is chineesavond in huize Kluun. Zo heeft mijn vader me opgevoed. Diep in de vorige eeuw ging ik al met hem op zondagavond om zes uur naar de chinees in Tilburg. Sinds ik in Amsterdam woon, ondertussen al weer zo'n zeventien jaar, ben ik stamgast bij de chinees op de Koninginneweg, op de hoek bij de Saxen Weimarlaan. Ik heb geen idee wat de naam van de tent is. Van je afhaalchinees en je vakantievriendinnen onthou je nooit de naam.

'Doet u maar eenmaal nummer 47 en een 131,' zeg ik dan, iedere zondag.

'Sambal bij?' vraagt de Chinees dan, iedere zondag weer.

En dan knik ik. (Je wilt niet weten hoeveel ongeopende zakjes met sambal ik in mijn leven al in de afvalbak heb geflikkerd, maar toch iedere zondag gewoon weer op z'n Hollands ja knikken.)

Toen ik gisteren thuis het pakje vond dat mijn chinees naast de sambal in de plastic zak met nummer 47 en 131 had gestoken, moet er een gelukzalige glimlach op mijn gezicht zijn verschenen.

De jaarlijkse kalender van de afhaalchinees.

Deze keer stonden er aapjes op de afbeelding. Die kende ik nog niet. Meestal zijn het getekende Chinese vrouwen in, naar ik vermoed, traditionele kledij. En Chinese tuinen, die staan er ook vaak op. Of tempels.

Eén keer, toen ik een jaar of vijftien was, was het er een met foto's van naakte vrouwen. Chinese vrouwen. Ik vond het bloedgeil, ik had nog nooit Chinese tepels gezien. Helaas zag je geen schaamhaar, want haar in of bij eten is vies, dat weet de Chinees ook, in theorie.

Tot grote ergernis van Naat hangt de nieuwe kalender van de chinees weer in onze keuken. Ergens waar we hem bijna niet zien. Ik kan het gewoon niet over mijn hart verkrijgen om hem bij de sambal en de resten van 47 en 131 in de afvalbak te deponeren.

Die van vorig jaar heb ik in de berging gelegd. Bij die van het jaar daarvoor, en het jaar daarvoor. Ik heb er al een stuk of twintig. Ooit ga ik ze nog eens exposeren. Laat ons blij zijn dat we in de jaren zeventig geen inburgeringscursussen gaven aan onze Chinezen. Anders hadden ze al lang begrepen dat geen enkele Nedellandel ze mooi vindt.

D'n heiligen Valentinus

Ieder jaar vieren we Valentijnsdag, maar *who the fuck* was die Valentijn eigenlijk? Daarvoor moeten we ver terug, naar de tijd dat psv nog niet ieder jaar met twee vingers in de neus kampioen werd, naar de tijd waarin mensen zich onbekommerd volstouwden met eten, want Sonja Bakker was nog niet geboren. Men at in die tijd liggend, aan lange tafels, waarop druiventrossen, everzwijnen en naakte vrouwen uitgestald lagen, klaar om geconsumeerd te worden. Nee, we hebben het hier niet over de jaren waarin Yab Yum nog open was, maar over de hoogtijdagen van de oude Romeinen. De derde eeuw na Christus om precies te zijn. Zelf was ik daar niet bij, maar ik heb het Harry Mulisch gevraagd en die verzekerde me dat het klopt.

Nu moet u weten dat de oude Romeinen er geen enkele moeite mee hadden om onder het eten boeren en winden te laten, met volle mond te praten en zich, indien de behoefte zich aandiende, tijdens het kluiven aan een vette lamsbout ook nog even oraal te laten bevredigen door een van de beschikbare dames in de zaal. Of, zoals Obelix al tegen Asterix zei: 'Rare jongens, die Romeinen.'

Dat blijkt eens te meer omdat diezelfde Romeinen er dan wel weer moeite mee hadden als iedereen zomaar lukraak met elkander in het huwelijk trad. Alleen christenen mochten met elkander trouwen, en dan alleen nog als ze daarvoor eerst een spartaanse cursus van veertig dagen bij Arie Boomsma hadden gevolgd.

Maar dan had men buiten onze goede vriend Valentinus gerekend, ha! Valentinus was een Romeinse priester en een toffe, ruimdenkende gast. Op een goede dag kreeg hij een jong verliefd stel tegenover zich. De jongen was een heidense soldaat, die in God noch gebod geloofde en zijn geliefde was een deugdelijk christenmeisje zoals je ze tegenwoordig alleen nog maar op de EO-jongerendag ziet. Stapelmesjogge waren ze op elkaar, dat zag onze Valentinus met zijn geoefend oog zo, daar hoefde geen Yvon Jaspers aan te pas te komen. Tegen alle Romeinse wetten in trouwde Valentinus het stel.

Vanaf die dag werd priester Valentinus overspoeld met aanvragen om te trouwen: christenen met joden, leernichten met Chinezen, moslims met geiten: je kon het zo gek niet bedenken of priester Valentinus verbond hen in de echtelijke trouw. Dat kon natuurlijk niet goed blijven gaan. Keizer Claudius hoorde via Peter R. de Vries van deze heidense praktijken en liet een verborgen camera in de trouwkapel van priester Valentinus plaatsen. Zo zag hij, samen met zeven miljoen andere Romeinen, hoe Valentinus het ene na het andere stel trouwde. Maar zo zijn we niet getrouwd, dacht keizer Claudius, laat ik die Valentinus maar eens een kopje kleiner maken. Nu namen ze dat in die tijd nogal letterlijk en zo liep Valentinus even later rond zonder hoofd en hij was nog dood ook.

Laat die lieve Valentinus nu vlak voor zijn hoofd er af werd gehakt nog een briefje in de handen drukken van de bevallige dochter van de gevangenisbewaarder, en dan mag u raden wat daarop stond: *Van je Valentijn*. Om een lang verhaal kort te maken: deze onthoofding vond plaats op 14 februari.

In 496 werd Valentinus heilig verklaard door paus Gelasius d'n 1ste en vanaf dat moment vieren we op 14 februari Valentijn.

Zo. Weet u dat ook weer.

Ode aan carnaval

Een van de meest opvallende dingen aan carnaval is dat het emoties losmaakt bij mensen die er nog nooit zijn geweest.

Elk jaar is er wel weer een televisieprogramma waarin de clichébeelden van carnaval voorbij komen. Verklede mensen die een flink glas ophebben en o, wat vreemd, dan lullig, dom en belachelijk overkomen. Heel stoer hoor, televisiemakers; hebt u uzelf weleens op een foto gezien na een gezellige stapavond?

Ach, ik begrijp het wel: dit zijn de beelden die carnavalshaters graag willen zien. Zo wordt het beeld in stand gehouden van een feest van billenknijpende, zich achter maskers verbergende dronken mannen en vrouwen, die de andere 361 dagen van het jaar niet durven wat ze met carnaval wel durven.

Wij, de honderdduizenden Brabanders, Limburgers en Hollanders die het wél snappen zullen binnenkort weer afzakken naar Oeteldonk, het Kielegat, het Lampegat, Kruikezeikersstad, Mestreech, Remunj, Kirchroa om daar vier dagen te genieten van een volksfeest voor jong en oud, een explosie van creatieve onzin, humor, agressieloze en non-pretentieuze lol en, ach, laten we ons trouwens niet roomscher voordoen dan we zijn — veul bier en een bietje kroelen horen bij carnaval als een gek petje bij de paus.

Beste carnavalshaters, gij, die nimmer carnaval heeft meegemaakt zoals het écht gevierd wordt: blijft u in de waan dat carnaval zielig, ranzig en triest is en blijft u vooral thuis, of zoals een Bredaas carnavalslied luidt:

Carnaval, dè zit nie in oew pakske
Nie in een gek huutje of in oewen boerenkiel
Carnaval, daor kènde oew nie mee bekleeje
Carnaval, dè zit in oewe ziel.

Eén dag Kamal

Laat ik u, voor zover u zelf geen Brabo of Limbo bent, eerst even uitleggen dat bij carnaval een act hoort. Een act die tot in de puntjes verzorgd is qua kledij, gadgets en bijbehorend verhaal inclusief bijpassend accent, waarvan gedurende de hele carnaval nimmer van mag worden afgeweken. Roemruchte acts uit mijn carnavalsverleden waren onder andere de pastoor-met-biecht-stoel (1999) en fakir-op-een-vliegend-tapijt (van drie keer twee meter, uitrolbaar, 1996). Ook had ik eens een levensgroot plastic varken bij me, maar daar was reeds een half uur na binnenkomst in De Bommel de kop van afgebroken, waarna het beest al snel vol bier zat en dat ging stinken, dus hem heb ik weldra op de dames-wc achtergelaten. Er gaan de wildste verhalen over wat er daarna met het beest gebeurd is.

Dit jaar had ik iets nieuws bedacht. Een wereldact, dacht ik. Pakistaanse bloemenverkoper. U kent ze wel. Ik zou vier dagen Kamal heten, had foto's van 'Kamals Pakistaanse familie' van het internet geplukt, op de Albert Cuyp voor dertig euro honderd rozen gescoord, bij de Wibra de lelijkste coltrui in het assortiment gekocht, een afgeleefde uitgezakte jas van mijn vader geleend, het gezicht met Pakistaansbruine schmink ingesmeerd, mijn haar zwart gespoten en strak in de scheiding gelegd, samen met Naat de eerste dertig rozen stuk voor stuk in cellofaan gewikkeld, ze zorgvuldig in een Albert Heijn-tas gestoken en klaar was Kamal. We hadden d'r zin in.

Samen met Naat en enkele getrouwen waren we nauwelijks twee minuten binnen in het eerste café toen ik besefte dat ik, ondanks een carnavalscarrière van bijna veertig jaar, dit keer een faliekant foute keuze had gemaakt.

In Boerke Verschuren begonnen twee mensen achter de bar boos nee te schudden zodra ze mij ontwaarden. 'Hier niet verkopen!' riepen ze en ze wezen erbij naar de voordeur.

In Moeke Brouwers moest ik de portiers er minutenlang van overtuigen dat het hier een act betrof, vóór Kamal überhaupt binnen mocht. Binnen keken de mensen Kamal aan alsof hij stront was.

In café Ome Jan vroegen twee jongens aan Naat, die mateloos populair was in haar jurk met een decolleté met een vaargeul waar een olietanker probleemloos door zou kunnen stromen, wat ze toch in 'diejen brùùne' zag.

Ik werd er mismoedig van en dat is niet de bedoeling van carnaval. En zo geschiedde het, om 01.40 uur, op de eerste avond van vier dagen carnaval, dat Kamal besloot om zijn Albert Heijntas met geknakte, naar bier stinkende rozen in de Bredase Singel te flikkeren en vriend Chris te sms'en of ik zijn pilotenpak niet mocht lenen voor de drie andere carnavalsdagen. Daarna, midden in de nacht als een gek die bruine schmink er afgeschrobd, onderwijl mezelf bij Naat beklagend over het onbegrip van de Bredase uitgaansscene over mijn – in theorie – briljante act en de daarmee gepaard gaande discriminerende blikken en schofferingen.

'Ik heb geen zin meer om morgen Kamal te zijn,' pruilde ik dronken-depressief van onder de douche.

'En dan kun jij je kleur er nog afwassen,' reageerde Naat.

Schoenfetisj

Een van de peilloze raadselen waarvoor huize Kluun mij stelt is onze schoenenkast. Als Geert Wilders vindt dat Nederland vol zit, dan moet hij voor de gein eens naar die schoenenkast komen kijken. Dát is vol. Het zou me niets verbazen als de kast binnenkort uit protest zijn inhoud begint uit te kotsen.

Ik schat dat er tussen de vijftig en vijfenzeventig paar in staan. Laarzen, slippers, gympen, instappers. Wit, bruin, zwart, groen, zilver. Suède, leer, hoog, laag, open, dicht, punt, bol, hak, plat — *you name it* en het zit in de collectie. De ark van Noach is er niks bij.

En dan toch doodleuk de volgende zaterdag met een nieuw paar thuiskomen, met droge ogen bewerend dat 'deze toch echt heel anders zijn dan dat paar dat reeds in de kast staat' en dingen roepen als 'ik kon ze gewoon niet laten staan'. Alsof het om een hondje in een dierenasiel ging.

En dan heb ik het alleen nog maar over míjn schoenen.

Dames: ik begrijp u. Ik begrijp uw passie, uw schoenfetisj, ik ben uit hetzelfde leer gesneden als u.

Ik kan in mijn kast zeker vijf, zes paar schoenen aanwijzen waarop ik niet veel meer heb gelopen dan het rondje in die winkel waar ik ze niet kon laten staan.

Ik heb de afgelopen winter binnen een week een tweede paar groene puntschoenen gekocht omdat ik het eerste paar zo on-voor-stel-baar cool vond, dat ik besloot dat een reservepaar nooit kwaad kon.

En dan mijn sneakersverzameling. Ik heb zilveren, zwarte,

bordeauxrode, bruine, witte met groene strepen, witte met blauwe en rode strepen, witte met een gouden *swoosh* en drie paar witte zonder strepen, swooshes of andere versierselen.

Vorig jaar heb ik een extra donatie op de bankrekening van het Wereld Natuur Fonds gestort om mijn schuldgevoel af te kopen na de aanschaf van mijn derde paar slangenleren laarzen.

En ik loop al tien jaar lang stad en land af op zoek naar een paar zwembadblauwe seventies puntlaarzen of schoenen, die ik ooit een gozer op straat zag dragen, waarbij ik de blunder maakte hem niet te vragen waar hij ze gekocht had. Of ze hem, desnoods onder dreiging van fysiek geweld, gewoon af te pakken.

Toen ik vijf was, zo vertelt mijn moeder, ontdekte ze aan het voeteneinde van het kinderbedje waarin ik sliep twee vreemde bobbels. Toen ze de dekens omhoog tilde, bleek ik met mijn nieuwe rode regenlaarsjes in bed te zijn gestapt. Zo verguld was ik ermee.

Daarom heb ik er geen enkel probleem mee als vrouwen af en toe hun schoenen aanhouden in bed. Zolang het maar hakken zijn.

Een cursus mannen in tien boeken

De Boekenweek is een uitvinding van het CPNB, de Stichting Collectieve Propaganda van het Nederlandse Boek. Dat klinkt als een organisatie die zich ten doel stelt om mensen die niet voldoende lezen te deporteren naar Siberië. Dat is niet zo. Toch zou ik absoluut achter een dergelijke doelstelling staan. Lezen moet! Lezend is gezond! Uw tanden gaan er niet van rotten, u wordt er niet dik van, u loopt geen geslachtsziektes op, u gaat er niet van uit uw mond ruiken en u leert nog eens wat (wist u dat er, behalve in IJsland — maar wat moet je anders daar — nergens in Europa zoveel boeken worden gelezen als in Nederland? Leve het CPNB!).

De meeste boeken worden gekocht door vrouwen. En daarom richt ik me in dit betoog exclusief tot die groep. Waarom zou u de komende Boekenweek niet een keer iets leerzaams mee naar huis nemen? Nee, we kiezen niet de gemakkelijkste weg en wéér een Saskia Noort, Hella Haasse, Heleen van Royen, Sophie Kinsella, Sonja Bakker en al helemaal geen flauwekul als *Men are From Mars, Women want a Penis*. Daar leert u niets van, dat weet u allemaal al. De Boekenweek is uiterst geschikt om eindelijk eens iets van mannen te begrijpen. Bijvoorbeeld door Echte Mannenboeken aan te schaffen. Boeken die ons, mannen inspireren.

Een cursus mannen in tien boeken.

1. Milan Kundera – *De ondraaglijke lichtheid van het bestaan* (1984)
Hoofdpersoon Tómas is net zo monofoob als Stijn in *Komt een vrouw bij de dokter*. Daarbij is Tómas dokter én glazenwasser.

Da's de kut op het spek binden, zeiden wij vroeger in Tilburg.

Leereffect: 'Bij mannen die op een hoeveelheid vrouwen jagen kunnen we gemakkelijk twee categorieën onderscheiden. De ene man zoekt in alle vrouwen zijn eigen en subjectieve droomvrouw. De andere man wordt gedreven door een verlangen de oneindige verscheidenheid van de objectieve vrouwenwereld te grijpen.'

Beter dan Kundera kan ik het zelf niet zeggen.

2. Nick Hornby – Fever Pitch (1992)

Ik ben een man en dus hou ik van voetbal. Daar laat ik u graag van meeprofiteren. In de literatuur wordt er ook gevoetbald. Nick Hornby (*About a Boy, High Fidelity*) schreef in *Fever Pitch* over zijn liefde voor de voetbalclub Arsenal. Niet het hippe Arsenal anno nu, met voetballers die zelfs u kent – we noemen Thierry Henry, Robin van Persie en tot voor kort Dennis Bergkamp –, maar het Arsenal van begin jaren zeventig, door pers en fans van andere clubs steevast *boring Arsenal* genoemd. Prachtig boek over fan-zijn.

Leereffect: een man kan echt met geen mogelijkheid mee naar de verjaardagen van uw moeder als Zijn Club speelt.

NB Nederlands alternatief, ook zeer de moeite waard: Menno Pot met *Vak 127*.

3. Tommy Wieringa – Joe Speedboot (2005)

Hoe mannen vriendschap beleven. Op mijn website (www.kluun. nl, kom een keer gezellig langs, de koffie staat klaar) promoot ik dit boek al sinds de dag dat het uitkwam. Tommy Wieringa is de beste schrijver binnen onze landsgrenzen en Joe Speedboot het leukste romanpersonage van de laatste jaren. 'Jij bent van de vrouwen, ik van de dingen waar benzine in moet,' aldus Joe tegen Engel.

Leereffect: wat mannen er allemaal voor overhebben een vrouw naakt te zien. (Zou ú ooit een vliegtuig bouwen om uw buurman in de tuin naakt te zien zonnen? Dat bedoel ik.)

4. Jack Kerouack – *On the Road* (1957)

Saai, saai, o Kluun, wat is je leven toch verschrikkelijk saai, dacht ik toen ik deze klassieke *energybooster* voor het eerst las. *Ik, Jan Cremer* op z'n Amerikaans.

Leereffect: iedere man verlangt diep in zijn hart naar het leven van hoofdpersoon Jack in *On the Road*. Gelukkig voor u zijn de meeste mannen al zo geconditioneerd dat ze er genoegen mee nemen als u ze een paar uur vrij geeft om te gaan vissen of met de maten de kroeg in te gaan.

5. Jean Graton – *Michel Vaillant: De terugkeer van Steve Warson* (1965)

In deel 6 van de serie (*Het verraad van Steve Warson*) wordt autocoureur Michel Vaillant door diens grootste vriend, Steve Warson, verraden. Maar zo zijn wij (mannen) natuurlijk niet getrouwd, dus dat komt drie albums later, in *De terugkeer van Steve Warson*, gelukkig allemaal weer goed.

Leereffect: tussen Echte Vrienden komt het altijd weer goed (in strips).

En omdat wij, mannen, in tegenstelling tot u romantisch zijn aangelegd, lezen wij graag strips.

6. Richard Bach – *Brug naar de eeuwigheid* (1984)

Richard Bach is een schrijver die behoorlijk strak in de zweefmolen zit. Dromen staan bol van boodschappen, liefde is kosmisch en uittredingen zijn dagelijkse kost. Maar *Brug naar de eeuwigheid* is een van de mooiste liefdessprookjes die ik ooit las over de onmacht van mannen om toe te geven aan de liefde. De brief die Leslie in het boek aan Richard schrijft kwam bij mij aan als een mokerslag. De oplettende lezer herkent delen hieruit in de brief van Roos aan Stijn in *De weduwnaar*.

Helaas is het boek niet meer in het Nederlands verkrijgbaar.

Wel in het Engels, *The Bridge across Forever*, bij bijvoorbeeld Amazon en Bol.com.

Leereffect: 'Een man weet niet wat-ie mist, maar als ze er niet is...' (Wrample van De Dijk.)

7. Robert Greene – *De 48 wetten van de macht* (1998)

Machiavelli in hapklare brokken, met wetten als 'Blijf uit de buurt van al wie ongelukkig is of altijd pech heeft' en 'Sla de herder, en de kudde valt uiteen'. Immoreel? Zeker. Nuttig? Meer dan. Met voorbeelden van machtige mannen uit de wereldgeschiedenis zoals Mozes, Ivan de Verschrikkelijke, Robin Hood, Humphrey Bogart en Cleopatra.

Leereffect: wet 21: 'Sukkels vangt u met sukkels. Doe u dommer voor dan uw doelwit.' Doe er uw voordeel mee bij uw eigen man.

8. Herman Brusselmans – *Het einde van de mensen in 1967* (1999) – maar eigenlijk al 's mans boeken en columns

Er schijnen mannen te zijn die niet kunnen lachen om Brusselmans, maar dat zijn geen echte mannen. Herman Brusselmans is de meligste, vreemdste ('ik ben de beste beffer van de Lage Landen'), meest politiek en seksueel incorrecte schrijver van de Lage Landen. Personages die bladzijdenlang doordraven over de 'dikke tetten' van de toogdame en over – bij ons mag het woord niet eens meer – negers. 'Negers weten wel beter? Wat is dat voor zever? Negers zijn de grootste dommeriken die er bestaan. Op een tamtam meppen en een beer de kop inkloppen en hem dan opeten, dat is het enige wat ze kunnen, de lamzakken, voor zover ze mekaar niet opeten.'

Kijk, dan kunt u mij dus wegdragen. Prachtige man, Brusselmans.

Leereffect: echte mannen hebben schijt aan seksuele en politieke correctheid.

9. Carolien Roodvoets – *De duivelsdriehoek* (2001)

Wat?!?! Een vrouwelijke schrijver in deze cursus, Kluun? Jawel, en eentje die meer van mannen begrijpt dan mannen zelf. *De duivelsdriehoek* is een fascinerende analyse over de gevaren en de verleidingen van het hebben van een verhouding. Klopt als een bus, kan ik u zeggen.

Leereffect: wist u dat 95 procent van de buitenechtelijke verhoudingen bestaat uit een gebonden man en een single vrouw? Zelden andersom. Het idee dat u vanavond weer naast, onder of op uw eigen man ligt, trekt een andere man niet.

10. Leon Verdonschot – *Hart tegen hart – rock 'n roll ontmoetingen* (2005)

Wat hebben Ali B, Frans Bauer, Giel Beelen, Jacques Herb, DJ Jean, Theo Maassen, Peter Pan Speedrock en Spinvis met elkaar gemeen? Popjournalist van het jaar 2006 Leon Verdonschot wist hun ziel bloot te leggen. Rauw, pijnlijk, soms tenenkrommend, maar altijd met een bijna vertederend respect voor de geïnterviewden.

Leereffect: iedere vrouw zou een beetje Verdonschot in zich moeten hebben. Dan zouden we u misschien dingen vertellen die we ook aan Leon Verdonschot vertellen.

Bron: www.volkskrant.nl

Opzij

Amsterdam, 16 april 2008

Betreft: sollicitatie

Liev... eh... beste Cisca,

Toen ik vanochtend de krant las, maakte mijn hart
een sprongetje. Je (mag ik je trouwens tutoyeren?
We hebben elkaar nog nooit ontmoet, we verkeren
vermoedelijk niet in dezelfde kringen, maar toch,
jijen en jouen schept een band en dat is fijn voor
als je me straks in gaat werken) kunt je er waarschijnlijk geen voorstelling van maken hoe vaak ik
stilletjes hebt gehoopt dat deze dag ooit zou
komen, en vandaag was het toch echt zo ver: ik
word uitgenodigd om jou op te volgen, en mijn
handicap (ik heb een piemel) doet niet langer ter
zake. Ik ben er beduusd van, dat mag je gerust
weten.

De mogelijkheid die jullie mij bieden is een
jongensdroom, ze past in het rijtje Formule
1-coureur worden, het winnende doelpunt maken in
de WK-finale, de Kilimanjaro beklimmen, meerennen
bij de stierenloop in Pamplona, astronaut, dj,

Amstellovitch, brandweerman of Robbie Williams
worden.

Daarom grijp ik de koe maar meteen bij de hoorns:
hierbij solliciteer ik naar de vacature van hoofdredacteur van Opzij.

Ik denk dat ik een grote kans maak. De functie is
me op het lijf geschreven.

Om te beginnen ben ik gek op vrouwen. Mijn hele
leven lang al. In sommige fasen in mijn leven was
die liefde zo groot, zo aanwezig, dat ze amper te
beteugelen was. De laatste jaren ben ik iets
eenkenniger geworden wat dat betreft, mede op
advies van mijn vrouw.

Vrouwen zitten in mijn genen: ik heb drie dochters
geproduceerd, de een nog mooier dan de ander.

Daarbij lig ik uitstekend bij vrouwen. Ik snurk
niet, ik trek de dekens niet van ze af, ik zeur
niet na de seks, ik stink niet uit mijn mond (nu
ja, heel af en toe, na een avondje stappen met de
maten, dan wil ik nog weleens een vleugje alcohol
bij me dragen, maar ach, dat overkomt jou vast ook
wel, neem ik aan, na een avond doorzakken in Felix
Meritis of in De Balie).

En, het allerbelangrijkst misschien wel: ik
begrijp vrouwen. Ik begrijp waarom ze soms woedend
op me zijn, waarom ze me niet vertouwen, waarom ze
me een *male chauvinist* noemen.

Boze tongen beweren dat ik vrouwen als lustobject

zie, maar Cisca, ik kan je verzekeren: dat is sterk overdreven. Komt een vrouw bij de dokter is bijvoorbeeld voor een groot deel fictief. Eigenlijk zijn alleen de lieve dingen waar gebeurd. En neem jou (figuurlijk uiteraard, respect, Cisca, respect): nooit, ik herhaal nooit, heb ik over jou of jouw lichaam gefantaseerd. Voor mij ben jij een mens en dat je daarbij ook nog vrouw bent, echt, ik vergeet het soms gewoon.

Als je straks mijn cv bekijkt, zul je zien dat ik de ideale kandidaat ben om jou op te volgen als hoofdredacteur van Opzij. Zo strijd ik al jaren voor het recht van vrouwen op pijnverlichting bij de bevalling, tegen de klippen van de pijnmaffia op. Stop zinloos geweld bij bevallingen: yep, die komt uit mijn koker. Baas in eigen buik, Cisca, IK had de slogan uitgevonden kunnen hebben.

Ik ben geboren in 1964 en heb alles meegemaakt. De ondergang en opkomst van de bh. De bossen oksel- en schaamhaar en de daarop volgende ontbossing. De tijd dat vrouwen voetbal leuk begonnen te vinden en, nadat Youri Mulder stopte, de tijd dat voetbal helaas weer een mannensport werd. En ik ben van meet af aan al voor de pil geweest, al toen mijn eerste vriendinnetje 16 was.

Ik ben ervan overtuigd dat ik de oplage van jullie blad tot ongekende hoogten zal doen stijgen. Ik barst van de ideeen. Ik wil Sophie Hilbrand en Heleen van Royen langs de feministische meetlat leggen, vaste columns van Hugo Borst en Jan Mulder, Cis, meid, ik loop over van de goede plannen.

Ik denk kortom dat ik de man/vrouw ben die jullie zoeken om jou op te volgen als hoofdredacteur van Opzij. Laat ons snel eens afspreken om de arbeidsvoorwaarden door te nemen.

Met vrouwvriendelijke groet,

Kluun

PS Liefst niet op avonden dat er Champions League is.
PPS Loopt dat lekkere ding van de School van Journalistiek nog steeds stage bij jullie? Wil jij haar vast eens polsen of ze mijn nieuwe secretaresse wil worden?

Dagblad *Trouw* nam Kluuns open brief in eerste instantie bloedserieus en publiceerde een nieuwsbericht over zijn sollicitatie op haar site (dat ze vervolgens schielijk verwijderde). ■■■ Het Radio 1-journaal belde met Kluun of hij het 'echt van plan was', en met de redactie van *Opzij* of zij niet 'enorm kwaad waren'. ■■■ *Opzij*-uitgeefster Femke Leemeijer en interim hoofdredacteur Lily Martens vroegen Kluun of hij wilde meewerken aan een inhaakadvertentie voor in reclamevakblad *Adformatie*. (Zie hiernaast het resultaat.)

OZIJ HEEFT EEN NIEUWE COLLEGA

Met Kluun in Opzij krijgt het tijdschrift steeds meer gezichten. Voor een bredere doelgroep, met een groter bereik. Bel 06-53737958 voor onze introductie aanbieding. Of SMS 'nieuw gezicht' en maak kans op een gratis pagina.

OPZIJ DE VROUWELIJKE OPINIE

Foto: Krijn van Noordwijk

Uitzichtloos

Als je lang in Amsterdam woont loop je het risico dat je gaat denken dat de wereld plat is en dat je eraf valt zodra je een stap buiten de ring A10 zet. Daarom vluchten Naat en ik af en toe de stad uit. Nu moet je altijd uitkijken dat je je lichaam niet al te veel blootstelt aan plotselinge klimaat- en omgevingsschommelingen, en dus ga ik als rechtgeaard stadsmens dan naar een andere stad.

Bijvoorbeeld naar Rotterdam. Voor wie het niet weet: Rotterdam ligt ergens tussen die havens in verscholen, bij Den Haag linksaf en zodra je overal water en grote boten om je heen ziet, dan zit je in Rotterdam.

Deze keer werd ik door Naat gesommeerd geen enkel initiatief te nemen. Dat is niet mijn sterkste kant, maar ik wist me in de weken voorafgaand aan het weekend wonderwel in te houden en, het moet gezegd, werd daar ruimschoots voor beloond. Ik heb iets met alles wat hoog is (met uitzondering van de stem van Björk, daar word ik altijd een beetje nerveus van). Als er in een stad een gebouw is dat hoger is dan een kerktoren, dan moet ik naar boven. Voor een half uurtje wenteltrappen klimmen in de Sagrada Familia in Barcelona draai ik mijn hand niet om, New York is niet compleet zonder een uurtje op het Empire State Building te hebben vertoefd en zelfs van het uitzicht op de Kalvertoren in Amsterdam, die nauwelijks hoger is dan een sprongservice van een volleyballer, kan ik geen genoeg krijgen.

Welnu: mijn vrouw was achter het best bewaarde geheim van Rotterdam gekomen: op de Euromast, op honderd meter hoogte, zijn hotelkamers! (Nu ja, het zijn eigenlijk suites, maar dan krijg ik gelijk weer al die types over me heen die vinden dat het belachelijk is dat je geld uitgeeft aan dit soort onzin.) En dus had de schat bedacht dat het wel aardig was om mij (en haarzelf, zo is ze dan ook wel weer) voor mijn verjaardag zo'n nachtje Euromast cadeau te doen.

'De kamers hebben gespiegeld glas,' wist de jongen die ons begeleidde naar de suite te vertellen. Vrij vertaald: u kunt rustig van elkaar genieten, terwijl er op drie meter afstand voor uw raam hordes nietsvermoedende Japanners met fototoestel rondlopen. Uiteraard hebben we dit vooraf even getest — je weet nooit waar die foto's weer opduiken, mijn boek komt namelijk ook uit in Japan — maar ook toen ik aan de buitenkant mijn neus zowat platdrukte tegen het raam (een hele prestatie, gezien mijn neus), kon ik nog steeds niets ontwaren van de binnenkant van de hotelkamer. Een geruststellende gedachte.

De gordijnen bleven dus open die nacht, met het vooruitzicht 's ochtends wakker te worden en Rotterdam aan onze voeten te zien liggen.

Die ochtend werd ik wakker, rond half acht. Buiten hing een mist die het nog net mogelijk maakte vanuit ons bed de reling van de Euromast te zien.

Kluun is uit

De hoofdredacteur van *Red* vroeg het me in een mailtje, heel voorzichtig: 'Zeg eh... Kluun, kun jij als onze enige mannelijke columnist je licht niet eens laten schijnen op iets wat ons vrouwen al maanden bezighoudt: is de metroseksuele man uit? En zo ja, moeten wij, moderne vrouwen, ons eigen exemplaar misschien niet inruilen voor zo'n verse, überseksuele man?'

Inruilen. Alsof ze het over een zomerjurkje van het vorige seizoen had. Waar moet het heen met de wereld als vrouwen over ons gaan praten zoals wij van oudsher over vrouwen praten. *Inruilen.* Dat zijn ónze teksten.

Eerst wilde ik terugmailen dat ik haar mail buitengewoon manonvriendelijk vond en niet gediend was van dit soort teksten, maar ik bedacht me tijdig. Als duurbetaalde columnist moet je natuurlijk te allen tijde de schijn vermijden dat je ergens geen verstand van hebt.

Voor de lezeressen van vrouwenbladen is het allemaal gesneden koek, maar aan mij was het feit dat mannen tot modeartikel verworden zijn, namelijk totaal voorbijgegaan. Ik ben al blij dat ik weet dat hoge spijkerbroeken uit zijn. Nee, ik had geen flauw benul wie of wat een überseksuele man is, waar ze te bezichtigen zijn en, niet onbelangrijk, of ik er zelf een ben. Sterker, ik was nog niet eens op de hoogte van het bestaan van de metroseksuele man, terwijl die dus, blijkbaar, al lang weer uit was.

'Schat, weet jij misschien wat een metroseksuele man is?' vroeg ik Naat.

Mijn vrouw haalde haar schouders op. 'Van die vieze mannetjes die altijd staan te gluren onder aan de trappen in dat enge metrostation als we naar de ArenA gaan?'

Nee, daar hadden we wat aan.

Aan de Google dan maar.

Metroseksuele mannen (die nu dus uit zijn) zijn mannen die zich niet schamen om hun vrouwelijke kanten te tonen. Dat zijn de mannen van de gezichtscrèmes, goede gesprekken en een abonnement bij de kapper, zo las ik. Het deed mij denken aan een vriend van me, P. (niet dezelfde P. van de P-nights), die al zijn hele leven nicht is zonder dat zelf te weten, maar dat blijkt een pertinente misvatting: de echte metro is zo hetero als het maar zijn kan. Voorbeelden van metroseksuele mannen zijn, begrijp ik nu: David Beckham, Bill Clinton en Johnny Depp.

Mannen waar je van alles van kan zeggen, maar niet dat ze homo zijn.

En dan is er nu dus de überseksuele man. Überseksuele mannen zijn dynamisch, aantrekkelijk, zelfverzekerd, stijlvol, vrouwvriendelijk, sociaal en eerlijk en ze kunnen overal en met iedereen over meepraten. Zo. Voorbeelden: Bono, George Clooney, ~~Rita Verdonk~~.

En dat is nu dus in de mode. Mannen die, om kort te gaan, overal goed in zijn.

Twee dagen lang heb ik met een aanzwellend minderwaardigheidscomplex rondgelopen.

Ik zit iedere dag van negen tot zes te schrijven. Hoe dynamisch.

Ik heb al jaren *love handles* en krijg een buikje. Hoe aantrekkelijk.

Ik hou van carnaval en vrouwen met (te) diepe decolletés. Hoe stijlvol.

Ik noem meisjes in mijn laatste boek Dolly's en een van hen laat ik door de hoofdpersoon ongenadig hard in haar kont neuken. Hoe vrouwvriendelijk.

Er waren tijden dat ik iedere keer dat ik seks buiten de deur had weliswaar keurig opbiechtte, maar helaas alleen aan mijn vrienden. Hoe eerlijk.

Kluun, jongen, mompelde ik mismoedig, je kan het de

komende seizoenen gevoeglijk vergeten. Je bent nog meer passé dan hoge spijkerbroeken.

Het zat me toch niet lekker. Ik ben mijn hele vriendenkring nagegaan en kwam tot de conclusie dat mijn vrienden allemaal hopeloos uit waren. Zo wordt Raoul door veel vrouwen een lekker ding gevonden (hij lijkt op Matt Dillon), maar hij kan net zo goed voetballen als een Chinees hopjesvla kan maken. Chris is aantrekkelijk, buitengewoon succesvol in zijn werk (hij heeft een Porsche), maar ik wil zijn *snake leather* laarzen toch niet het toppunt van smaak noemen. René is een topgozer, sociaal, maar dynamisch, mwa (hij zit in de verzekeringen).

Engin, Jan Willem, Ronald, Mars, Marco, Tom, Kurt, Bart; geen van allen kwam ongeschonden door de checklist. Niemand van hen kan alles, ontdekte ik tot mijn opluchting. Onder mijn vrienden zitten geen übermenschen.

Ik heb besloten ze niet in te ruilen. Dan maar voor joker lopen.

PS Goed nieuws: ook ik mag blijven, van Naat. 'Misschien krijg ik wel subsidie op je nu je helemaal uit bent,' voegde ze eraan toe.

De ins en (vooral) outs
van een au pair

Het houden van een au pair is tegenwoordig helemaal hip, lees ik in de bladen. Het zou dus zo maar eens kunnen dat u ook de aanschaf van een au pair overweegt. Daar moet u niet te licht over denken. Het uitbreken van de vogelgriep heeft vaak minder vervelende gevolgen.

Drie stuks hebben we gehad, in de afgelopen jaren, komende uit landen als Tsjechië, Slowakije en Oekraïne. (Of was het Kazachstan? Het was in ieder geval een land dat ik van Risk ken.) Enkele Zuid-Afrikaanse, Filippijnse en Indonesische meisjes daargelaten, komt de bulk van de beschikbare au pairs op www.greataupair.com uit het voormalig Oostblok.

We beginnen met het kleinste probleem. De taal.

De gemiddelde au pair spreekt minder Nederlands dan een imam. Dat is lastig. De tijd die het kost om opdrachten te geven aan iemand die geen flauw benul heeft waar u het over hebt, behalve als u het zelf voordoet of het in Sesamstraat-taal ('stof-zui-ger') uitlegt. (Als de au pair die u op het oog heeft wél Nederlands spreekt, zou ik me toch even afvragen waarom het Nederlandse gezin waar zij tot nu toe vertoefde zo graag van haar af wil.)

Het tweede probleem is het onderhoud.

De schijf van vijf is aan au pairs niet besteed. Doe daarom niet te veel moeite, de meesten hebben liever een magnetron op hun kamer dan dat ze mee-eten met het huisgezin. Da's niet erg, want gezien de eerdergenoemde taalbarrière komt het toch niet tot een diepgaand gesprek, maar u weet zo alleen nooit of ze ook weleens wat groens naar binnen werken en ze niet plotseling omvallen vanwege een gestaag opgebouwd vitaminetekort.

Ook het schoonhouden is niet eenvoudig. De meeste exemplaren beseffen dat het van belang is om zichzelf zo nu en dan te reinigen, want anders ga je stinken, maar dat het tevens raadzaam is om de ruimte waarin men eet, slaapt en god-weet-wat-nog-meer doet, schoon te houden, was volstrekt nieuw voor de au pairs die wij hebben gehad.

En dan het grootste probleem. De cultuur.

Bent u voor de val van het IJzeren Gordijn weleens op vakantie in het Oostblok geweest? Dan weet u misschien nog dat de mensen daar nog onbeschofter en ongeïnteresseerder waren dan Amsterdamse taxichauffeurs.

Welnu, deze lachebekjes uit het Oostblok hebben in de jaren tachtig uw au pair gebaard en opgevoed.

Onze eerste au pair (Tsjechië) heb ik in de zes maanden die ze bij ons in huis was nimmer iets zien doen wat ook maar in de verste verte op lachen leek. Haar ouders kwamen een keer een weekend over en toen begreep ik het. Ook deze mensen waren blijkbaar in de veronderstelling dat lachen nog steeds op de lijst van verboden genotmiddelen van het regime stond.

De tweede kwam uit Slowakije. Ik weet nu waarom het woord '*slow*' in Slowakije zit.

De derde (Oekraïne/Kazachstan) keek zo eng dat we haar niet alleen durfden te laten met Roos. Alsof we *The Hand That Rocks the Cradle* live hadden binnengehaald.

Drie missers op rij. Dit kon geen toeval zijn. Daarom hebben we een kloek besluit genomen. Allereerst hebben we gezocht naar een ouderwetse schoonmaakster. Ze komt uit Ghana, woont al twintig jaar in de Bijlmer, lacht de hele dag en spreekt beter Nederlands dan een Amsterdamse brugklasser. Een verademing.

We blijven vaker thuis 's avonds. Wat een rust.

En voor overdag hebben we een ingenieuze oplossing bedacht, waar geen lifestyleblad tegenwoordig meer over schrijft.

Roos zit op de crèche.

Coming out

'Als jij Olga wilt spelen, meisje, dan zal je toch eerst een beetje meer vlees moeten krijgen,' zei de man en hij kneep het meisje zachtjes in haar zij. De man was Jan Wolkers, het meisje Monique van de Ven en het jaar 1972. De cast van *Turks Fruit* was rond, maar de negentienjarige Monique was nog niet rond genoeg om de Olga te spelen die Jan in zijn hoofd had.

Monique van de Ven vertelde de anekdote bij haar openingsspeech op het Boekenbal. Het viel me al op dat Karina, Jans vrouw, die zo vrolijk in haar niksie de cover van het Boekenweekgeschenk opleukt, niet maatje 36 had. En ook niet maatje 38. Maar ik wist niet dat Jan bekendstond om zijn voorkeur voor volslank.

Als man moet je verrekte veel lef hebben om te zeggen dat je valt op vrouwen met rondingen die iets verder gaan dan 90–60–80. Vooral als je zegt dat die 60 best wat meer mogen zijn. En die 80 eigenlijk ook, als je eerlijk bent.

Slank is de standaard. Catwalkmeisjes zijn bil- en tietloos (couturiers zijn homo's), *Playboy*-, *Penthouse*- en pornomodellen hebben wel tieten & billen (uit alle onderzoeken blijkt dat mannen wel van een beetje vlees 'op de juiste plaats' houden) maar buik, dijen en armen bevatten nog altijd minder vlees dan een kroket van de Aldi.

Als vrouw met 40+ word je er gallisch van om je je hele leven lang te moeten verantwoorden. 'Je hebt zo'n mooi gezicht, dat is dan toch jammer van die achterkant?', 'Waarom ga je niet lekker mee naar de sportschool?', 'Wanneer was je nou ook al weer bevallen? Toch al wel een maand of vijf, zes geleden?', 'Ik neem geen toetje. Jij wél? Tja...'

Maar zal ik eens een geheimpje verklappen? Ook mannen die vallen op ronde vrouwen worden er gestoord van. Ik heb nooit begrepen waarom je je als man moet verantwoorden als je valt op rond. Ik heb nog nooit een vriend van me ter verantwoording geroepen die in de kroeg een vrouw aansprak met tieten die met het blote oog nauwelijks zichtbaar waren. Ik heb nog nooit iemand uitgelachen die naar bed was geweest met een meisje van wie de billen nauwelijks meer inhoud hadden dan die van mijn tienjarige dochter.

Lieve slankfetisjisten (m/v), loop eens een keer een museum binnen. Blader opa's pornoboekjes eens door. Kijk eens goed naar foto's van Marilyn Monroe en Jane Mansfield. Of die zwart-witfoto's met wulps naakt van rond 1900. Slank is pas sinds de jaren zestig in. Goed, en rond de Eerste Wereldoorlog (maar toen had niemand te vreten) en in de Griekse Oudheid. Maar die Grieken hielden sowieso meer van mannen dan van vrouwen.

Begrijp me niet verkeerd: mannen die op slank vallen, hebben mijn zegen. De een valt op mannen, de ander vindt pijn geil, de volgende krijgt een stijve van rubber, er zijn mannen die het prettig vinden om onder geplast te worden door hun vrouw en sommige houden van slank. En ik vind slanke vrouwen ook best lekker, hoor, op zijn tijd.

Maar ik ben nou eenmaal geen vegetariër in hart en nieren. Kate Winslet in *Holy Smoke* (*holy fuck*, wát een ongelofelijk lekker wijf, zeg, zoals ze daar naakt voor Harvey Keitel staat in die woestijn. Vijf keer teruggespoeld). Renée Zellweger in *Bridget Jones*. Sophie Dahl vóór haar vermageringskuur. Karina Wolkers. Naat. Ik word niet alleen geil van vrouwen met rondingen, ik vind het ook echt Mooi. En miljoenen andere mannen, als hun vrienden er niet bij zijn, stiekem ook. Het is tijd voor een coming-out. Duizenden schilders, beeldhouwers en schrijvers gingen ons voor.

Mijn kaart begrijpt me niet

'Even kijken... ja, daar rechtsaf.'

'Waar is dáár?'

'Daar.'

'Weet je 't zeker?'

'Eh... ja... nee... ja, ik denk van wel.'

'Net dacht je ook dat we bij die afslag moesten doorrijden.'

'Hè, da's flauw. Dat stond niet goed aangegeven op de kaart.'

'Wel als je die kaart in de goede richting had gehouden.'

'Neem deze afslag nou maar.'

'Waar?'

'Hier!'

'Hè? Hier? Dat weggetje? Nee, joh...'

'Wél! Ja, en nou ben je te laat.'

'Zo'n klein kutstraatje valt voor mij echt niet onder de noemer "afslag", hoor...'

'Wat was het dan? Een fietspad?'

'Luister, schatje...'

'NOEM ME GEEN SCHATJE!!!'

'Duifje, een afslag is een weg met een bord waarop staat waar die weg heenleidt als je hem inrijdt.'

'Daar gaan we weer. Jij weet het altijd zo te brengen dat jij gelijk hebt en dat ik het weer helemaal fout heb gedaan.'

'Nee, als jij gewoon goed op die kaart had geke—'

'Ach, hou toch op, man.'

'...'

'...'

'Zo meteen Boulevard Clément Marot in.'

'..'
'..'
'Linksaf.'

'Waar?'

'Daar! Daar!!!'

'Waar is dáár? Doe nou eens wat duidelijker!'

'Je bent er al weer voorbij.'

'Godverdomme, zeg dat dan wat eerder.'

'Het stond er toch duidelijk? Boulevard Clément Marot.'

'Wat wil je nou? Dat ik op het verkeer let en ons veilig naar die tyfuscamping breng, of dat ik ook nog eens ga kijken waar in godsnaam die kut-Clermont Maillot is?'

'Marot. Niet Maillot.'

'Wat kan mij het bommen hoe die klootzak heet.'

'Zeg, doe effe normaal, er zitten kinderen achterin, weet je nog?'

'Ja, en daarom kan ik niet ineens vol op mijn rem trappen als jij weer eens niet op zit te letten met kaartlezen.'

Kijk. Dáár zou het Centraal Bureau voor de Statistiek eens onderzoek naar moeten doen. Ik verwed er mijn richtingaanwijzer om dat er meer huwelijken naar de knoppen gaan door kaartlezen, of liever, het gebrek eraan, dan door *Studio Sport*, zweetvoeten, snurken of kinderen.

Kinderen heb je twaalf maanden per jaar en als je daar iedere maand één keer knallende ruzie over hebt, is het veel. Lange autoritten, naar dat ontspannende, stressvrije huisje in dat dorpje in de Provence dat nog onontdekt is (ook door de makers van de kaart), maken we twee keer per jaar en dat levert twaalf keer ruzie op.

Ik ben in mijn leven op vakantie geweest met Caroline, met Beppie, met Duif, met Olga, met iemand van wie ik de naam niet kan noemen want dan weet haar man dat ze dus niet met haar zus op pad was, met Juut en met Naat en na al deze ervaringen durf ik met een gerust hart te stellen dat het cliché waar is: vrouwen kunnen niet kaartlezen.

Het is een wonder dat ik ooit ben aangekomen op een vakantieadres dat ik geboekt had. En nee, dat ligt niet aan de makers van de kaart, en ook niet aan de webmaster van www.routeplanner.nl, en al helemaal niet aan de Franse ANWB: tegen zoveel kaartlees-onvermogen valt niet op te bewegwijzeren. De routekaart, of het nu een papieren of internetversie is, die 100 procent vrouwproof is, moet nog gemaakt worden.

Ik weet niet wat het is met vrouwen. Waarschijnlijk een combinatie van een totaal gebrek aan ruimtelijk inzicht ('maar het westen ligt toch altijd links?' 'Als je de kaart zo houdt, ligt het westen in het oosten, liefie'), en een diepgeworteld onbegrip van het principe dat kaarten op schaal gemaakt worden ('maar – pruil – het leek op de kaart zo dichtbij').

Tot we drie jaar geleden een TomTom kochten.

Ik ga de uitvinders ervan voordragen voor de Nobelprijs voor de Vrede.

Kluuntje in Europa

Ineens had ik het door. Een circusbeer. Ik was een rondreizende circusbeer, die aan het publiek werd getoond.

Het was vrijdagavond zeven uur in het chique Continental Hotel in Oslo. Samen met Naat lag ik op bed televisie te kijken, naar een interview dat ik eerder die middag aan Stål Talsnes had gegeven voor het Noorse tv2.

Met ons, zo vertelde mijn uitgever, zouden er zo'n half miljoen Noren kijken.

Ik deed het niet eens slecht, technisch gezien. Mijn Engels was beter dan dat van Stål, ik bleef rustig en beleefd, ik gaf de juiste antwoorden en lachte mijn innemendste lach.

Maar ik was en bleef een circusbeer.

De teller voor vertalingen van *Komt een vrouw bij de dokter* staat op achtentwintig. Dat klinkt indrukwekkend, maar Anne Frank had er veertig, en dat zonder één interview te geven. Ach, laat ik eerlijk zijn: ik vind het retestoer. (Gelukkig ben ik niet de enige. Een maand of wat terug mocht ik Harry Mulisch interviewen voor de openingsavond van Het Gesprek, die interviewzender waar bijna niemand naar kijkt. Harry bekende dat hij nog steeds iedere nieuw verschenen buitenlandse versie van zijn boeken in zijn imposante boekenkast plaatst. Keurig gerangschikt per land.)

Kluuntje in China, Kluuntje in Amerika, Kluuntje in IJsland. Landen waarvan ik niet eens wist dat de inwoners er konden lezen, vertalingen naar talen waarbij ik tot in het eeuwige in het ongewisse zal blijven of het écht wel mijn boek is dat ik in handen heb gekregen. Dat verzin je echt niet hoor, als je in februari 2002, net terug van een paar maanden Australië, een tweedehands pc koopt bij de Pc-dokter op de Overtoom en je je dan gewoonweg een slag in de rondte begint te typen. Het doet allemaal een beetje denken aan wat mijn eerste vrouw Judith (Carmen in *Komt een vrouw bij de dokter*) altijd zei over haar zakelijk succes. Juut had geen reclameachtig bedrijf, zoals het Advertising Brokers van Carmen in het boek, maar een uitzendbureau voor anderstaligen, Undutchables. De overeenkomst tussen beide bedrijven was wel dat ze als een trein liepen. Welnu, als Undutchables weer een goed jaar had gedraaid, sloeg Juut zich telkens op de knieën van de pret en zei: 'Wat een mop!'

Wat een mop. Het idee dat er zich straks een Chinees met een verstuikte tong bij de eerste hulp van het ziekenhuis meldt nadat hij wanhopig heeft geprobeerd het woord Cornelis Schuytstraat op pagina 51 van *Komt een vrouw bij de dokter* uit te spreken geeft me nu al buikkramp van het lachen. Net als de gedachte dat de Biblebelt in the Midwest van de Verenigde Staten er dankzij ene Ray Kloen nu helemaal van overtuigd is dat alle Nederlanders van de pot zijn gerukt met hun monofobie, euthanasie en xtc. *Komt een vrouw bij de dokter* als het definitieve bewijs dat Amsterdam het Sodom en Gomorra van deze wereld is. Dat scheelt lange rijen bij het Van Gogh en Anne Frank en het fietsen wordt er ook veiliger door.

Toch klinkt het allemaal mooier dan het is. Bij die achtentwintig landen zijn landen waar de oplage van de eerste druk zo klein is dat ik hem net zo goed in zijn geheel zelf had kunnen printen, kopiëren en rondbrengen, zoals Slovenië en Israël. En in de Verenigde Staten en Engeland moet ik het allemaal nog zien. Daar geldt alle literatuur van niet-Engelstalige auteurs als highbrow en ontoegankelijk, een beetje wat wij in Nederland hebben met Franse films: Franse film? O, dat zal wel weer moeilijk zijn. Er zijn vrijwel geen Nederlandse en Vlaamse auteurs van wie er meer dan een paar duizend boeken verkocht worden in die landen. De enige remedie: interviews geven, aandacht krijgen in de damesbladen, de glossy's, de talkshows op radio en tv.

Het circus begon in Duitsland. Daar is men ondertussen al toe aan *De weduwnaar*, die daar afgelopen zomer uitkwam, onder de titel *Ohne Sie*. *Komt een vrouw bij de dokter* heet er *Mitten ins Gesicht*. Ja, mijn vrouw en ik hadden ook direct associaties met Duitse films waarin mannen met snorren op witte sokken met hun — *excusez le mot* — *Schwanz* lopen te zwaaien. Toch heb ik mogen ervaren dat die Duitsers in moreel en cultureel opzicht meer op ons lijken dan we denken. Nederlandse schrijvers, artiesten en acteurs hebben sowieso meer succes in Duitsland dan bijvoorbeeld in België. Mijn boeken ook. Van *Komt een vrouw* zijn in België nog geen drieduizend exemplaren verkocht. Duitsland liep wel warm. Goeie recensies in de damesbladen, goeie recensies in de glossy's, maar het meest opvallende was dat de recensies in de kwaliteitsbladen in Duitsland buitengewoon goed waren, terwijl het boek in de Nederlandse serieuze pers was neergesabeld. *Mitten ins Gesicht* werd in *Der Spiegel* bijvoorbeeld vergeleken met *Love Story*, de tranentrekker uit de jaren zeventig.

Wat er in Duitsland in hakte was de euthanasie. Ik ben voor euthanasie (mits vrijwillig en niet alleen maar als Ajax toevallig drie keer achter elkaar verliest), maar behalve in Nederland, Zwitserland en België is er nog steeds geen land in de wereld waar euthanasie legaal is. Vooral in Duitsland en Italië ligt euthanasie gevoelig.

In Duitsland zijn ze er sinds de jaren veertig een beetje huiverig voor en dat pleit voor ze: de nazi's noemden wat zij deden met mensen die misvormd, gehandicapt of geestelijk gestoord waren ook euthanasie. De Duitse kankerbestrijding, de *Krebsgesellschaft*, is vóór euthanasie, zij weten welk een onnodig en uitzichtloos lijden er onder terminale patiënten bestaat, maar ze durven er, gezien de gevoeligheid, publiekelijk amper een punt

LOVE LIFE

INTERNATIONAL BESTSELLER

A NOVEL

RAY KLUUN

Ray Kluun
αγάπα τη ζωή

Α. Α. ΛΙΒΑΝΗ

קלון

אישה אחת הולכת לרופא

KLUUN
VAIMO KÄVI
LÄÄKÄRISSÄ

LIKE

Kluun
Kvinne går
til lege
– mann går på by'n

CAPPELEN

Najboljši nizozemski roman
zadnjih let, dobitnik nagrade
Publiek Prize.

Kluun

Pride ženska
k zdravniku ...
Zgodba, ki vam bo strla srce.

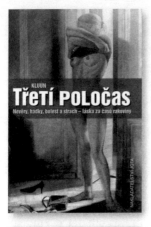

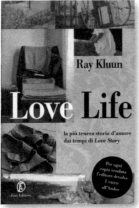

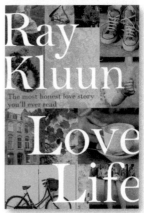

van te maken. Het kwam hun goed uit dat een buitenlander dat nu wel deed en ik liet me daar graag voor lenen.

Ook voor Italianen is euthanasie vloeken in de kerk. In Rome gaf ik drie dagen lang interviews in het prachtige klassieke hotel Locarno (van oudsher een hotel waar schrijvers zich thuis voelen, zo wist mijn uitgever Fazi Editore het vooraf te verkopen en inderdaad, het was er saai), op een steenworp afstand van het Vaticaan. Nu vindt de paus het al geen goed idee om iets te doen aan geboortebeperking, laat staan dat hij levensbeëindiging over zijn kant laat gaan. De pers raakte dan ook niet uitgevraagd over de euthanasie. Hoe ik dat vond, dat mijn vrouw euthanasie had gepleegd ('Mooi. Ik was blij dat ze eindelijk zelf de keuze had wanneer ze uit haar ziekte wilde stappen'), of ik erbij was toen het gebeurde ('Ja, ik vond het zelfs ontroerender dan de geboortes van mijn twee dochters'), hoe ik nu over de dood dacht ('Sinds ik mijn vrouw met een glimlach de dood heb zien ingaan, ben ik niet meer bang voor de dood'), en of ik in een hiernamaals geloof ('Ja!').

Eén journalist was zo onder de indruk van de manier waarop wij euthanasie gelegaliseerd hebben dat hij schreef: 'Ik wil in Italië leven, maar in Nederland sterven.'

Over het vreemdgaan van Stijn haalde men de schouders op. *Business as usual* voor de Italianen. (En in Frankrijk snapte de uitgever niet eens waar men moeilijk over deed: zodra je zuidelijker komt dan Lille behoort vreemdgaan tot de folklore. Een president die geen maîtresse heeft wordt gewantrouwd.)

Nee, dan Engeland. Mijn god. *The Times* ging nog, *Sunday Express* ook (alleen jammer van dat insinuerende foto-inzetje naast de foto van Naat en mij, van een man (niet ik! niet ik!) die over de Amsterdamse Wallen loopt), maar *Daily Mail* sloeg alles. De krant schilderde me in een artikel over twee pagina's af als het grootste monster dat ooit voet aan wal had gezet in Groot-Brittannië. Ze plaatsten mijn foto op de voorpagina, in de rechterbovenhoek, naast die van die Koreaanse jongen die op

Virginia Tech een halve klas neer had gemaaid voor hij zichzelf voor zijn kop schoot. Je kunt maar ergens bij horen.

De interviews in Engeland waren weinig verfijnd. Zo had ik net een dag met drie nationale tv-shows en vier journalisten van damesbladen overleefd, toen Anita Anand, presentatrice van BBC Radio Channel 4 me 's nachts om half een, *live on air*, voor ruim een miljoen luisteraars vroeg: '*Are you a wicked person?*' Vrij vertaald: 'Bent u compleet gestoord?' Als openingsvraag. Ook goedenavond.

De pr-dame van mijn uitgever was echter dolblij. '*Controversy sells books*,' kirde ze. Ja, dat zei de schrijver van de biografie van Marc Dutroux ook.

Door naar Scandinavië. In Denemarken had ik op één ochtend interviews met een journaliste van een christelijk dagblad en eentje van een opiniërend magazine. Het viel me ook daar op, net als in Nederland, dat intellectuele types verrassend genoeg veel moralistischer zijn dan religieuze mensen. (Hetzelfde geldt trouwens voor leeftijd: je zou denken dat oudere mensen zouden walgen van Stijn uit *Komt een vrouw*, terwijl jongeren zich meer in zijn promiscuïteit zouden kunnen verplaatsen. Het is juist andersom: middelbare scholieren zijn heel rigide: als mijn vriend/vriendin dat zou doen dan... Hoe ouder, hoe milder ze in de liefde zijn. Oudere mensen hebben vaak ervaren dat niet alles koek en zopie is in een lange relatie.)

Zweden was een feest. De pers was lyrisch, het publiek reageerde waanzinnig en binnen een maand stond het boek op één in de literatuurlijsten. Jammer dat er niet zoveel Zweden zijn.

Ah, dan wordt Noorwegen ook een makkie, dacht ik. Fout. '*Kvinne går til lege — mann går på by'n. 500.000 solgte i Nederland!*' schreeuwden de posters. Vrouw gaat naar de dokter, man de nacht in — 500.000 verkocht in Nederland.

Noren hebben eenzelfde tabloidcultuur als Engeland. Komt nog bij dat ze de gewoonte hebben iedere dag drie of vier kranten te kopen. Ik kan u melden dat ik nog nooit zo blij was met mijn zonnebril toen ik afgelopen zomer in Oslo op een terras zat tussen tientallen Noren die een *Dagbladet, Aftenposten* of VG in hun handen hadden, met mijn harses full colour in beeld, waaronder net als bij Daily Mail een foto op de voorpagina, met het schreeuwende onderschrift 'SERIE UTRO!!!' Waarbij men niet zo gek veel Noors hoeft te kennen om te begrijpen dat het hier een woordspeling op seriemoordenaar betreft en dat *utro* 'ontrouw' is.

Wat ik niet wist (maar nu wel) is dat Noorse vrouwen zwaar feministisch zijn. Noorwegen is eigenlijk een militante afsplitsing van *Opzij*. Mijn onlinechatsessie met lezers van hetzelfde blad dat mij die ochtend met 'SERIE UTRO' op de voorpagina had geplaatst, leek de Spaanse inquisitie wel. Woeha Boeha.

Maar controverse verkoopt, bleek eens te meer in Noorwegen: het boek moest binnen een week herdrukt worden en kwam meteen, hopsakee, in de top 10 van de bestsellerlijst. In Nederland duurde het twee jaar voordat het überhaupt in de top 60 kwam.

En Amerika dan? vraagt u zich af. Het boek is er nu een jaar uit. Wat interviews in *Marie Claire* en kranten, enkele uitnodigingen van tv-shows in New York, een paar geschokte recensenten (*'Unsentimental'* is one way to describe the tone of this novel, but *'unfeeling'* is more accurate. — The Boston Globe).

Oprah heeft nog niet gebeld.

Een nep-afzuiginstallatie

Ooit wilden we in ons huis een nieuwe keuken en daarom gingen we naar een designkeukenspecialist.

Industrieel design, dat leek ons wel wat. Dat lukte. De 'oh's' en 'ah's' die vrienden, kennissen en incidentele bezoekers bij de eerste aanblik van onze keuken slaken, spreken boekdelen. Het geheel ziet er zo industrieel, zo professioneel uit, dat wij ons schamen om te zeggen dat we desondanks twee keer in de week de Sushi Kings en Chin. Ind. Spec. Rest. Yade City verordonneren om langs te komen.

Een blik in onze keuken. Een grote Amerikaanse koelvriescombinatie, die met name door de vriendinnetjes van Eva wordt gewaardeerd omdat het zo spannend is dat er ijsblokjes uitkomen als je er een K3-beker (andere bekers en glazen ook, hoor) tegenaan houdt.

Daarnaast een oven waarop een knop met zoveel verhittingsmogelijkheden zit, dat ik hem na vijf jaar nog altijd niet begrijp. Een videorecorder is er niks bij.

Dan hebben we twee grote, betonnen aanrechtblokken, eentje voor het koken en eentje met twee wasbakken. Spoelcentra heten die, zo heb ik geleerd uit de folder. Het kookgedeelte bestaat uit een vijfpits gasfornuis met wokbrander.

Onder de aanrechtblokken treffen we een overdaad aan strak vormgegeven, zware metalen laden aan voor potten, pannen, bestek, pindakaas, Nutella, kokosbrood, muisjes, hagelslag, vlokken, bedorven zoetwaren, jam en ten slotte nog een grote lade waarin we allerlei dingen kunnen leggen die we niet kwijt moeten raken en dus kwijt zijn.

Die zware laden gaan, het moet gezegd, *smooth* open en dicht. Als een paar ski's over een vers geprepareerde piste. Eén duwtje met de heup en ze glijden dicht. Prachtig, indrukwekkend en volstrekt kindonveilig. Als Roos dichter dan vijf meter in de buurt van de laden komt, raak ik al in paniek.

Boven de afzuigkap lopen twee aluminium pijpen met een doorsnee van een halve meter. Een formaat dat je normaal gesproken alleen langs snelwegen ziet liggen, als ze daar aan het werken zijn en waarvan ik nooit weet wat er nu eigenlijk doorheen loopt. (Olie? Gas? Poep en plas?)

Bij de pijpen boven ons fornuis weet ik wel wat erdoorheen loopt. Niks.

Ze zijn fake.

Dat wil zeggen: een ervan hangt er helemaal voor de symmetrische sier en de andere is 90 procent nep. In het midden van de industrieel vormgegeven megabuis loopt namelijk één klein pijpje, van 15 centimeter doorsnee, die alle vis-, vlees en frituurluchten naar het dak moet vervoeren. Dat dak ligt drie bochten en vijftien meter hoger.

Om een lang verhaal kort te maken: als er in onze keuken is gekookt, kunt u, al bent u snipverkouden, twee dagen later nog precies ruiken wat we hebben gegeten.

Mooi is het allemaal wel. En duur.

Laatst kwam ik aan fietsen bij ons huis en hoorde ik een langslopende man tegen zijn vrouw zeggen, terwijl hij bewonderend door het raam van onze keuken naar het enorme buizengevaarte boven het aanrechtblok keek: 'Zo, moet je kijken, schat, dat is nog eens een afzuiginstallatie!'

Hij moest eens weten.

Zeurallergie

Vroeger had ik er een bloedhekel aan wanneer mijn ouders zeurden dat ik iets moest of juist niet mocht doen. 'Drink vanavond nou niet wéér zoveel, de vloerbedekking is net schoon!' 'Moet jij niet studeren?' 'Je houdt toch niet die broek aan, hè?' Als ik ook maar een poging tot zeuren meende te ontdekken, werd ik al chagrijnig. Op slecht weer kun je je kleden, op gezeik aan je kop niet.

We kunnen rustig spreken van een allergie voor alles wat ook maar in de buurt komt van zeuren, zeiken of zaniken.

'Kluun, moet jij wat drinken?'

'Ik móét helemaal niks, hè!'

Als ik in een vrouw ook maar een latent zeurrisico meende te ontdekken, was dat voor mij al het begin van het einde. Vragen als 'Zullen we zo 'ns naar huis gaan, het is morgen weer vroeg dag?', 'Maar we hebben toch helemaal geen geld om op wintersport te gaan?', 'Zullen we eerst even de vaatwasser inruimen?' en 'Hoe laat denk je dat je ongeveer thuis bent?' brachten de relatie al in gevaar.

Het werden korte relaties.

Ik weet wel waardoor het komt, mijn allergie voor gezeur. Door mijn oma. Die had het tot kunst verheven. Niets of niemand deugde. Wij niet, het leven niet, het weer niet, wijlen mijn opa niet, het bejaardenhuis niet, het eten niet, de verpleegsters niet en de huisarts niet.

Die huisarts gaf haar jarenlang, met medeweten van mijn moeder, placebopoedertjes om van haar gezanik af te zijn, en de verpleegsters in het bejaardenhuis werden gek van het mens.

Altijd ziek of onderweg en het werd met het jaar erger. Op de dag dat mijn oma echt een aanval van benauwdheid kreeg en in blinde paniek op de alarmbel drukte, ging het verplegend personeel vrolijk verder met koffiedrinken.

Even later was mijn oma dood.

Gestorven aan chronisch zeuren.

Neologismen

We gaan het hebben over neologismen. Nee, niet meteen door-bladeren, want dan blijft u dom.

Zoals u ongetwijfeld weet, is een neologisme een nieuw woord of uitdrukking die zijn intrede doet in een taal om er daarna nooit meer uit te verdwijnen.

Koningen van het neologisme zijn uiteraard Koot en Bie, uit-vinders van uitdrukkingen als *op hun pik getrapt, aan hun taas getrokken, in hun kuif gepikt,* woorden als *regelneef, doemden-ken, positivo, oudere jongeren, krasse knarren, mozes kriebel* en *jemig de pemig.*

De onvolprezen taalvernieuwer Wim T. Schippers is verant-woordelijk voor uitdrukkingen als *jammer, maar helaas* en, wat weinigen weten, het woord *kutzwager.* Ook het voetbal kent zijn klassiekers. Grootmeester is uiteraard Johan Cruijff, met een pareltje als *hun verdediging is een geitenkaas,* trainer in ruste Bert Jacobs schonk ons *hotseknotsebegoniavoetbal* en Leo Been-hakker is geestelijk vader van het woord *patatgeneratie.* In de serie schrijvers wil ik volstaan met Jan Cremer, die claimt het neuken in Nederland te hebben geïntroduceerd, of, zoals hij het zelf pleegt te zeggen: '*Ik heb het neuken in Nederland geïntrodu-ceerd, weejewel.*'

Maar er zijn ook hordes anonieme taalvirtuozen. Zo is de uit-vinder van de uitdrukking *dat slaat als een lul op een drumstel* tot op de dag van vandaag niet getraceerd.

Ook blijft het een raadsel aan wiens creatieve brein uitdruk-kingen zijn ontsproten als een *kwajongenscola* (een Bacardi-cola) en een *sherrykonijn* (een vrouw die te veel drinkt op recepties).

Nog interessanter is de herkomst van woorden waarvan blijkt dat niemand er ooit van heeft gehoord, laat staan de betekenis ervan kent. Zo was ik er in mijn jeugd van overtuigd dat het woord *hogati*, zoals bij ons thuis het reuzenrad werd genoemd, ook daadwerkelijk bestond, tot een niet-Brabantse vriendin mij ooit besmuikt vroeg of de rups dan in Tilburg misschien de *lagati* werd genoemd.

Of neem de mijns inziens veelzeggende uitdrukking: *geef mij een paar stenen dan metsel ik ook een geit*, wat zoiets betekent als: *wat u nu zegt slaat helemaal nergens op*. Bij nader onderzoek blijkt het hele gezegde niet eens te bestaan, wat mij er niet van weerhoudt hem te pas en te onpas te gebruiken in mijn schrijvelarij.

Laatst hoorde ik ineens een bijzondere herkomst van een *bestaand* woord. Weet u waar het woord fröbelen vandaan komt?

U gelooft het niet, maar fröbelen, hetgeen zoveel betekent als *vrijblijvend creatief bezig zijn*, komt van Friedrich Wilhelm August Fröbel. (Geboren in Oberweißbach in 1782. Zoek maar op.)

Toch zet zo'n ontdekking je aan het denken. Zou *lunchen* dan afgeleid zijn van onze voormalige NAVO-secretaris-generaal Joseph Luns?

Komt *paaien* misschien van Patricia Paay?

En omdat ik inderdaad geen meter kan schaatsen, ga je dan in stilte hopen dat *klunen* stiekem toch van mijn naam komt, in plaats van andersom.

Nu heb ik wekelijks een vaste radiocolumn bij Giel Beelen op 3FM. Ik heb het nog even gecheckt, maar *beelen* is geen Nederlands werkwoord. *Ik beel, jij beelt, wij beelen, wij hebben gebeeld* — geen hond die het kent. Daarom heb ik de luisteraars uitgedaagd om een adequate betekenis voor het aanstaande neologisme *beelen* te verzinnen.

De luisteraars konden daarbij een *Dikke Van Dale* met handtekening van Giel Beelen winnen, want ik wist zeker dat Giel er stiekem trots op zou zijn dat er, net als bij mij, ook eindelijk eens een Nederlands werkwoord naar hem vernoemd wordt.

Winnende inzending

Beelen is...

'Bellen als je beter had kunnen mailen.' – Tim

Zeikpop

Ik heb een afwijking. Nee, niet schrikken, het is niks met kinderen, poep, dieren of doden. Het gaat om mijn muzieksmaak.

Ik dweep regelmatig met Editors, Johan, Radiohead en Kaiser Chiefs, allerhande house en uiteraard met de man van wie ik het nog steeds vreemd vind dat er mensen zijn die wel Jezus en Maria, maar niet zijn beeld in de huiskamer hebben hangen: Bruce Springsteen. En verder koketteer ik graag met mijn voorliefde voor überhippe bands als The Good, the Bad and the Ugly, Arctic Monkeys, The Last Shadow Puppets en MGMT. Ja, ik zal iedere gelegenheid aangrijpen om u ervan te overtuigen dat ik een muzieksmaak heb die salonfähig is.

Daar moet maar eens een eind aan komen. Ik durf er amper voor uit te komen, maar mijn psychiater zegt dat ik anders het risico loop dat het weleens tot een etterige bult kan uitgroeien die op ieder moment tussen nu en mijn zestigste kan openklappen.

Ik hou van zeikpop.

Zo. Dat is eruit.

Pakkende poppy melodietjes met zangerige, zwijmelende, zeurderige zeikstemmetjes. Nummers waar iedere rechtgeaarde fan van de band of artiest in kwestie zich voor schaamt. En de artiest zelf ook.

Neem The Beatles. Ja, hoor ik u zeggen, maar da's geen zeikpop, wie hield er niet van The Beatles. Klopt, met dit verschil dat ik niet warmliep voor door vriend en vijand als klassieker geaccepteerde liedjes als 'A Hard Days Night' of 'Hey Jude', nee, ik ging voor ellende zoals deze: 'If I Fell in Love with You'. Drie Michelinzeikpopsterren.

De beste Elvis-song? Het schaamteloos slijmerige 'My Boy'.

Dan de jaren zeventig. Terwijl ik tegen mijn vriendjes op school volhield dat ik Genesis en Pink Floyd ook zo goed vond, draaide ik stiekem thuis 'I Think I Love You' van The Partridge Family grijs. Zeikpop van de buitencategorie. En onder mijn bed bewaarde ik in het geheim behalve porno ook een stapel Neil Diamond-lp's.

Begin jaren tachtig, terwijl heel Nederland in jeugdsozen al bezemend nummers stond te dansen op muziek van The Cure, Echo and The Bunnymen en The Joy Division, liep ik weg met 'Too Much Too Little Too Late' van Johnny Mathis & Deniece Williams. De Champions League van de zeikpop.

In de jaren tachtig werd het almaar erger met mijn obsessie.

Ik stond in het geheim, met een pollepel in mijn hand, thuis Belinda Carlisles 'Heaven Is A Place On Earth' te zingen.

Ik was de enige Simple Minds-fan die 'Don't You' wel een heerlijk nummer vond en ik kon als enige man op het westelijk halfrond en omstreken geen genoeg krijgen van dat kutnummer met die klotekikkers van Paul McCartney, en liedjes als 'Simply Having a Wonderful X-mas Time', waar een gevulde kalkoen nog spontaan van in elkaar wil zakken.

De laatste tien jaar is het helemaal uit de hand gelopen. 'Black Coffee' van All Saints durf ik met droge ogen in mijn top 100 aller tijden te zetten en ik ben de enige hetero in de wereld die Kylie Minogue écht goed vindt. Met mijn homokapper kan ik urenlang dromerig discussiëren welk Kylie-liedje nu het hoogste zeikpromillage heeft: 'I Believe in You' of 'Put Your Hand on Your Heart'.

Of neem dat hitje van vorig jaar, 'With Every Heartbeat' van Robyn. Wat een zalige zeikpop.

Met kerst bid ik niet voor vrede op aarde of eten voor de arme negerkindjes in Afrika, ik bid dat Robyn en Paul McCartney samen een kerstnummer gaan opnemen.

Zestienduizend dagen lang

Men neemt een bruidstaart, men huurt een zaaltje, men koopt een witte jurk en twee trouwringen, men nodigt vrienden, buren, familie en schoonfamilie uit (opletten dat Robin en Janet niet naast elkaar zitten, zo kort na hun scheiding en dat ome Jaap niet aan de cognac gaat) en voilà, we zijn getrouwd.

Kost wat, maar dan heb je ook wat.

Maar dan.

Laten we ervan uitgaan dat een gemiddeld bruidspaar nog zo'n dag of zestienduizend met elkaar moet doorbrengen tot de dood ons scheidt. Best lang.

Hoe gaan we dat varkentje wassen? Hoe gaan we ervoor zorgen dat we niet in dezelfde val trappen als Robin en Janet, die het krap duizend van de geplande zestienduizend dagen volhielden? Duizend dagen die genoeg waren om samen een kind te maken, een huis te kopen in die nieuwbouwwijk en voor aanstaand voorjaar een vakantie te boeken naar Zuid-Afrika ('Moeten we een annuleringsverzekering nemen?' 'Kost dat?' '5 procent van de reissom.' 'Zonde van het geld, toch?' 'Ja, eh... dat vind ik eh... ook'). Ze hadden er meer van verwacht.

Nu denk ik ook dat het schier onmenselijk is om elkaar iets te beloven waarvan je als mens de reikwijdte niet kan bevatten. Er kan in zestienduizend dagen best het een en ander gebeuren in een mensenleven, nietwaar? Laat staan in het leven van twee mensen.

De belofte die we op de eerste van deze zestienduizend dagen doen, gaat daar volledig aan voorbij. Tuurlijk, een mens moet optimistisch zijn, en ik weet het, liefde is een werkwoord, maar een tikkie naïef is het allemaal wel, dat jawoord.

Het is des te naïever omdat mannen en vrouwen, zonder dat ze het elkaar hebben verteld, een andere agenda hebben voor die zestienduizend komende dagen.

Komt-ie: de vrouw gaat de komende zestienduizend dagen benutten om haar aanstaande te kneden naar het ideaalbeeld dat zij voor hem voor ogen heeft.

De man gaat de komende zestienduizend dagen zitten hopen dat zijn vrouw dezelfde blijft als met wie hij op dag één trouwde.

Zij hoopt dat hij straks zelf ook gaat inzien dat hij te oud wordt voor die wekelijkse stapavond met zijn vrienden, dat hij minder overuren gaat maken als er kinderen komen, dat hij dat voetballen op zondagochtend om half elf ook wel beu wordt en dat hij die sokken na een paar keer ruzie gewoon ín de wasmand gooit.

Hij, op zijn beurt, hoopt dat haar taille net zo lekker blijft als op die dag in die witte trouwjurk, dat ze straks, als ze moeder is, nog steeds vijf keer in de week zin heeft en dat ze altijd zo blijft lachen om zijn onhebbelijkheid om zijn sokken van een afstand over zijn rug in de wasmand te gooien. ('O, dat scheelde niks, zag je dat?')

Bah, Kluun, wat een cynisch verhaal, maar je bent zelf toch ook getrouwd?

Zeker. Voor de tweede keer zelfs. De eerste keer met Juut, tot de dood ons scheidde, helaas veel sneller dan de geplande zestienduizend dagen. Naat en ik zitten nu op twaalfhonderd dagen en we zijn uitermate gelukkig samen.

We hebben elkaar bij ons jawoord niets beloofd.

Of eigenlijk wel. Een inspanningsverplichting.

We beloofden elkaar dat we er alles aan zouden doen om de ander te blijven accepteren zoals die is en om te proberen elkaar niet te veranderen, hoe moeilijk we dat soms ook vinden.

Daarnaast begrijpen we allebei dat tijd dingen verandert op een manier die we niet hadden voorzien, hoe moeilijk we dat soms ook vinden.

We gaan vol vertrouwen de komende veertienduizendacht-honderd dagen in.

Maar we beloven niks.

Onze kampeerbungalow©

Deze bekentenis moet onder ons blijven.

Het begon zo. Naat was het al een paar jaar spuugzat om elke zonnige zomerdag in het weekend weer in de speeltuin van het Vondelpark te belanden, met het hele gezin op één vierkante meter strand in Blijburg neer te strijken of met de auto naar 't Twiske te rijden en ons daar tussen kuddes schreeuwende Surinaamse pubers in te nestelen. Aan zee kwamen we al jaren niet meer. De file richting Zandvoort en Bloemendaal maakt de Noordzee vanuit Amsterdam op zomerse dagen tot *mission impossible*.

Nu ben ik een stadsmens en heb ik om te overleven voldoende aan twee natuurfilms per jaar, maar mijn vrouw heeft wekelijks een portie natuur nodig, anders wordt ze nukkig. En voor kinderen schijnt het ook goed te zijn, die natuur, heb ik ergens gelezen.

Zodoende ontstond afgelopen winter in huize Kluun het plan om ergens op — ik zeg dit volgende woord niet zonder gevoelens van schaamte — een camping in de duinen een seizoensplaats te huren. Daar zouden we dan op zonnige dagen voor of na de files heen kunnen tuffen om de dag erna 's ochtends vroeg door de duinen naar zee te kunnen fietsen.

Geen speld tussen te krijgen.

'Maar waar slapen we dan?' vroeg ik angstig. Ik zag de bui al hangen. Dat werd een tent of een caravan. Ik kreeg al bultjes als ik eraan dacht.

Naat wist raad. Iets nieuws. Kampeerbungalow. Geen idee wat dat dan weer was, maar het klonk minder behelpen dan een tent.

De kampeerbungalow — wacht, eigenlijk moet ik er zo'n

©-dingetje boven zetten, voor ik de uitvinder ervan achter me aan krijg –, de kampeerbungalow© dus, werd ontwikkeld door meneer Slingerland en zijn vrouw. Meneer Slingerland is een aardige man met een snor, die zo'n onverwoestbaar geloof heeft in zijn uitvinding dat het me niets zou verbazen als hij enige malen per dag geknield met zijn hoofd richting zijn eigen kampeerbungalow© zit te bidden.

Zo valt er op de website van meneer Slingerland de volgende aandoenlijke beschrijving te lezen: *'Een kampeerbungalow© is een unieke kampeeraccommodatie en daarom moeilijk vergelijkbaar met andere verblijfsaccommodaties. De Slingerland kampeerbungalow© is een tikje avontuurlijk, veel comfortabeler dan een tent en stukken toegankelijker dan een caravan. De kampeerbungalow© combineert de eenvoud van kamperen met de luxe van een bungalow. Kortom, kamperen in een kampeerbungalow© van Slingerland is luxe kamperen.'*

Zo. Zeg dan maar eens nee.

Of het allemaal waar is, al die vergelijkingen met tenten en caravans, weet ik niet, want ik heb al in geen twintig jaar meer gekampeerd. Mij kunnen ze alles wijsmaken.

Mijn vrouw en kinderen waren op slag verliefd (op de kampeerbungalow©, niet op meneer Slingerland), maar wat voor mij de doorslag gaf was dat het gevaarte elk kampeerseizoen wordt opgebouwd en weer afgebroken door een paar mannetjes die meneer Slingerland er bijlevert. Waar hij die tijdens het seizoen dan weer laat, weet ik ook niet.

En dus is het gezin Kluun sinds dit voorjaar in het eh... trotse bezit van een heuse kampeerbungalow©. Achthoekig, grenen wanden, een zeildoek als dak en een hele vrachtwagen aan IKEA-spullen er standaard bijgeleverd.

De aankoop van een kampeerbungalow© met IKEA-spullen is zo ongeveer wel het laatste wat ik me had voorgesteld toen mijn inkomsten de laatste jaren de pan uit begonnen te rijzen. Een nieuwe onnodig grote auto, *soit*. Een horloge waarmee je tot 300 meter onder water kunt zien hoe laat het op de maan is, oké. Een *finca* op Ibiza, waarom niet? Maar dat ik mezelf ooit verrijkt zou zien met een kampeerbungalow, nee, dat had ik niet kunnen bevroeden.

Naat wel.

Het moet gezegd: ze had gelijk. Dankzij onze kampeerbungalow© zijn we dit voor- en naseizoen vaker aan zee geweest dan in de laatste vijf jaar. Elke zonnige dag zaten we op het strand. Rosé, schepjes, emmertjes, waterijsje, *Tirza* van Arnon Grunberg, wat wil een mens nog meer?

En dan neem ik het uitzicht op de afwassende bejaarden in de caravan naast ons maar voor lief. Zolang u maar niet doorvertelt dat Kluun weleens op een camping komt.

De kunst van het converseren

Ik ben serieel monogaam, qua kappers. De meeste relaties duurden zo'n anderhalf tot twee jaar en dan was het tijd om weer eens te verkassen. Niet dat ze dan niet goed meer knipten naar mijn zin, maar vanwege de vastgelopen communicatie.

Noem het opvoeding, noem het misplaatste beleefdheid, noem het gêne die me parten speelt als er iemand aan me zit, maar ik heb altijd het gevoel dat ik een conversatie moet voeren als iemand langer dan een paar seconden binnen een straal van een meter van mij vertoeft. Ik kan niet gewoon een half uur in een stoel zitten en zwijgen, terwijl ik in de spiegel kijk naar iemand die druk in de weer is met mijn hoofd. Een tandartsbezoek is wat dat betreft eenvoudiger: hoewel die zelfs ín je hoofd aan het werken is, is praten technisch gezien onmogelijk.

Ook bij een taxichauffeur – hoewel die gelukkig niet aan je zit – heb ik er geen moeite mee: ik geef mijn bek een douw over fietsers, de politie of asielzoekers en de man achter het stuur gaat helemaal los. Af en toe een keer 'goh' en 'echt?' op het juiste moment roepen en voor je het weet is zo'n rit voorbij.

Maar waar moet je in hemelsnaam over praten met je kapper? De beginconversatie, die meer technisch van aard is, lukt me nog wel. Hier wat korter, daar lang laten graag en (ja, ik word ouder) mijn wenkbrauwen een beetje uitdunnen. Maar dan. Dan moet er een Onderwerp worden aangesneden.

De grootste fout die je kunt maken is om te laten vallen dat je ergens gek op bent.

Vanaf dat moment ben je in de ogen van je kapper 'die jongen die gek is van' (doorstrepen wat niet van toepassing is) 'Ibiza/

Ajax/Soprano's/Paulo Coelho'. Alsof ze het noteren, zodra je de deur uit bent.

'En, ga je dit jaar nog?'

'Waarheen?'

'Ibiza.'

'Ibiza?'

'Jij ging toch altijd naar Ibiza?'

'Nou, altijd, altijd... ik kom er weleens, ja...'

'O. Eh... ja, nou, lekker weer wel, hè, voor de tijd van het jaar...'

'...'

'...'

Tegen die tijd zit ik, met samengeknepen tenen, al weer na te denken dat ik zo meteen Tom even moet sms'en om te vragen naar welke kapper hij tegenwoordig gaat.

FOKKE & SUKKE

HOPEN DAT DE POLITIE NIET GAAT STAKEN

ANDERS KAN ZELFS *KLUUN*

...BINNENKOMEN OP HET BOEKENBAL!!!

RGvT

www.foksuk.nl

Boekenbal

In 2004 werd ik door mijn uitgever uitgenodigd voor het Boekenbal. Een dag van tevoren. Ronald Giphart en zijn vrouw hadden geen zin. Zo gaat dat: grote en/of bestsellerschrijvers krijgen zelf een uitnodiging van het CPNB, de mindere goden moeten hopen op afzeggingen van andere auteurs van de uitgeverij. En zo gingen mijn vrouw en ik naar ons allereerste Boekenbal.

En als je er dan bij wilt horen in literaire kringen, hoor je te zeggen dat het een waardeloos feest was. En goedbeschouwd ís het dat ook. Ik bedoel, de laatste keer dat ik ergens *Rock Around the Clock* hoorde draaien, was bij dj Roland en zijn Orkestorgel op het personeelsfeest van Neckermann Postorders in Hulst, diep in de vorige eeuw. Een andere overeenkomst is dat ook daar de meeste vrouwen niet buitengewoon appetijtelijk waren, maar wel een stuk minder schokkend gekleed.

Naat, koud een week of wat ontzwangerd, en daardoor in de dagen voorafgaand aan het Bal bevangen door een kledingstress die huize Kluun tot op het randje van een kabinetscrisis bracht, voelde zich direct bij het binnentreden in de Schouwburg een stuk zekerder in haar neutrale zwarte postzwangerschapsbroek met druppeldecolletétruitje, toen we twee teeuwiaans aandoende schrijfbuffels in tenenkrommend blote maat-48-jurken zagen. Dit was zelfs mij, doorgaans toch liefhebber van rond vrouwenvlees, too much.

Boekenbal blijkt tot middernacht een praatfeest. En dan is het jammer dat de gemiddelde schrijver geen geanimeerd gesprekspartner (vraag stellen, antwoord afwachten, luisteren, doorvragen, naam onthouden) is. Althans niet met mij, terwijl ik toch best te hachelen ben met een goed glas bier op, zeggen ze altijd in de Bastille. Bovendien had ik een pak aan in de categorie mooi & duur, dus daar kon het ook niet aan liggen. Had ik me dan toch moeten scheren? Was mijn matje misschien niet erudiet genoeg? Of dissoneerde mijn zorgvuldig met Murrays ingevette krullen wellicht te veel tussen de kalende massa? Een mens zou ervan aan zichzelf gaan twijfelen. Nee, ik zou liegen als ik zei dat mijn vrouw en ik ons op ons gemak voelden, de eerste uren, op het personeelsfeestje van Bekend Nederland. Het dreigde een kutavond te worden.

Nou ben ik gepokt en gemazeld in het nachtleven en weet ik hoe je een dergelijk onheil kunt afwenden. Van Zuipenstein. Aan de wodka. Om kwart over een was ik door mijn eerste, volgens goed Kluun-gebruik ruim ingeslagen lading NS-muntjes heen. Naat, de laatste maanden niet meer gewend om te drinken, kreeg het naar haar zin. Ze werd steeds schaamtelozer opgewonden bij elk BN'ertje dat langskwam. Kreetjes ontsnapten uit haar keel bij het zien van Jan Mulder, Hafid Bouazza, Rick de Leeuw, Beau van E.D., Hans van Mierlo, Jort Kelder en Theo Maassen. Zelfs Philip Freriks ontkwam niet aan Naats gelonk, door hem beantwoord met een nieuwslezer onwaardige, secondenlange blik op de spleet tussen de tieten in het druppeldecolleté van mijn vrouw (soms heeft borstvoeding voordelen).

Ik vond het allemaal best, ik moest alle zeilen bijzetten om mijn aandacht te verdelen tussen de ogen van Rosita Steenbeek, de jurk van Manon Uphoff, de lippen van Georgina Verbaan en het decolleté van dat meisje dat bij De Bezige Bij werkt. Kluuntje in schrijversland.

Ja, het werd steeds leuker! Ik werd alsmaar vrijer en greep mijn kans om out of the blue de hand van de ene na de andere niet-begrijpende langslopende collega vast te pakken en hen joviaal op de schouders te slaan. Brutale mensen hebben de halve wereld. (Ja, en bescheiden mensen hebben de andere helft, zei mijn moeder dan altijd, maar in tijden van nood moet je je opvoeding laten voor wat die is.) Zo moesten Sees Nooteboom, Joost Zwagerman, Bart Chabot, Jan Rot, A.F.Th. ('Hééé Buurman!!!' 'Dag eh... Ramon'), Huub van der Lubbe, Harrie Mulisch (wist u trouwens dat die dezelfde haarlak heeft als onze koningin?), die multiculturele schrijfster (van wie ik de naam vergeten ben, maar ze droeg een jurk met een open rug, waar ze ruimschoots mee weg kwam — Naat vond van niet —, weet u het dan?), Herman Koch, Kees van Beijnum, Herman Franke en Matthijs van Nieuwkerk zich minutenlang laven aan mijn lulgesprekken over mijn boek, veelal afgesloten met een belangstellend 'en verkoopt dat boek van jou, hoe heet het ook al weer, nog een beetje?' van mijn zijde. Ja, je past je snel aan in zo'n wereldje.

Toen ik om kwart over twee Heleen van Royen ontwaarde en aanstalten maakte om ook haar in de gelegenheid te stellen met mij kennis te maken, greep Naat in. Nada Heleen.

Ik weet niet hoe bekend u bent met de Schouwburg, maar na twintig ns-muntjes weet ik niet meer hoe het daar allemaal in elkaar steekt met al die gangen en trappen. En Naat heeft het nooit moeten hebben van haar richtingsgevoel. Vind dan maar eens uit op welke verdieping je bent en waar het tot dansvloer omgebouwde podium is. Giechelend en tongend baanden we ons een weg door een woud van dronken uitgevers, verlopen schrijfsters en geile ns-directieleden. En weer terug. Om half drie hadden we nog niet gedanst.

'Zullen we maar gaan,' fluisterde Naat hees in mijn oor. 'Ik weet wel iets leukers dan dansen...'

'Heel even nog,' zei ik en opende een deur van het tweede balkon. Een paar meter beneden ons lag het podium. We keken naar de dansende veertigers en vijftigers in smokings en te krappe baljurken. Op het balkon was het donker. 'Welkom op ons eerste Boekenbal, schat,' zei ik en gaf haar mijn geilste tongzoen. Tien minuten later verlieten we met verhitte gezichten het tweede balkon van de Schouwburg. De dj draaide *Satisfaction*.

Kluun en *Fokke & Sukke*-tekenaar Jean-Marc van Tol bespreken op het Boekenbal een bepaalde cartoon.

'Mee ons mam'

Dat Brabanders – neem Kluun – niet sporen, wist u al. Ze doen aan carnaval, ze eten worstenbrood en ze praten raar. *Houdoe. Dè ge bedaankt zèt dè witte.* Wacht, ik zal u een concreet voorbeeld geven. Mijn moeder. *Ons* mam, heet dat in Brabant, zoals ik u eerder geleerd heb. (Even een anekdote tussendoor, we hebben in Brabant toch alle tijd: ons mam en ons pap hebben mij en mijn zus Franse namen gegeven. Dat was in de jaren zestig helemaal in, althans in Tilburg. In Frankrijk ook trouwens, maar dat terzijde. Zo heet ik officieel Raymond en mijn zus heet Melanie. *Drie kraoien* (= drie keer raden) hoe ons pap en ons mam dat zélf uitspraken: onze Rááájmont en ons Melááán. Ik bedoel maar: wie geeft er zijn kinderen nou Franse namen zonder ze zelf uit te kunnen spreken. Hetgeen misschien verklaart, bedenk ik nu ineens, waarom ons pap vroeger altijd gewoon 'Hé!' riep als hij mij nodig had.)

Terug naar het onderwerp. Ons mam. In Brabant maakt het niet uit of je enigst kind bent (Brabanders zeggen niet *enig* maar *enigst.* Alsof je nog eniger dan enig kunt zijn) of uit een gezin van bijbelse omvang komt, het blijft te allen tijde *ons* mam en *ons* pap. En *onzoma, onzopa, onze* Piet en *onzen* Henk. Nooit *mijn* mam, *mijn* opa of *mijn* oma, laat staan gewoon Piet of Henk. Altijd handig om te weten, voor als u een keer naar Brabant afreist en zonder benzine komt te staan.

Goed, ons mam dus, die belt me gisteravond. 'Há jongen, mee ons mam.' *Mee* (dat betekent *met,* dat begrijpt u nog wel) *óns mam.* Vat u 'm? Niet 'mee mèn', wat zou staan voor 'met mij', (hetgeen ook behoorlijk stompzinnig is overigens, met wie anders dan degene die belt?), niet 'mee *jullie* mam', waar met een beetje goeie wil nog een consistente – zij het Brabantse – logica in te ontdekken zou zijn, nee, *'mee ons mam'*. Kijk, als ik met ons Meláááán praat, en ik heb het over *'ons* mam', dan klopt dat, grammaticaal gezien. Maar dat ons mam in de derde persoon meervoud over zichzelf praat is zelfs voor Brabantse begrippen een beetje eh... raar. Zelfs de koningin (hoewel die niet Brabants is, hetgeen haar overigens wel een stuk gezelliger zou maken) zegt niet 'Hoi, met onze koningin' als ze belt. Of neem God. 'Hallo, met onze God' zou behoorlijk pedant en megalomaan zijn als-ie de telefoon opneemt. En zo is God niet. *Onze* God niet, tenminste. Over andere goden laat ik me uit veiligheidsoverwegingen niet uit.

Ons mam bedoelt er geloof ik niks slechts of pedants mee. Ze is spreekwoordelijk Brabants bescheiden. *Ons* staat voor haar voor 'wij horen bij elkaar', denk ik. Hoop ik. Ze houdt gewoon zo van onze familie, dat alles *ons* is bij ons. Dat klopt taalkundig van geen kanten, maar het voelt heerlijk, als onderdeel van die familie. Mag het een *onsje* meer zijn? Ja hoor, mam.

Coitus interruptus

Kinderen hebben de nare gewoonte om te denken dat het hele gezin om hen draait.

Dat weet je voor je eraan begint, want Daphne Deckers schrijft er hele boeken over vol, maar tussen weten en voelen zit een wereld van verschil. Ze kunnen wel zeggen dat het in de tropen warm en vochtig is, maar als je er nooit geweest bent, zal het je een zorg zijn.

Ik ben ondertussen ervaringsdeskundige. Sinds ik tien jaar geleden voor het eerst vader werd, ben ik met kracht uit het middelpunt van het universum geslingerd. Bij mij in huis lopen en kruipen drie types rond die de sfeer in de ploeg bepalen, continu, 24/7, op ieder moment van de dag, en − vooral − nacht.

Over die nachten wil ik het eens met u hebben.

Ouders met jonge kinderen hebben geen seksleven, althans niet iets wat met goed fatsoen een seksleven genoemd kan worden. Kom, kom, hoor ik u zeggen, *speak for yourself,* wij hebben een baby van zeven maanden en een peuter van drie en wij doen het toch nog altijd minstens één keer per week.

Kijk, daar wringt de schoen. Eén keer per week is geen seksleven.

O nee? Nee. Als u éénmaal per week een borrel drinkt, hebt u dan een drankleven? Als u tien minuten per week fietst, hebt u dan een sportleven? Als u op zondag meespeelt met de lotto, hebt u dan een gokleven? Dat bedoel ik. De definitie van een seksleven heeft een ondergrens en die dient niet te flauw gesteld te worden, laten we zeggen op minimaal drie keer per week. Zodra we daaronder komen, heet het geen seksleven meer, maar dan behoren we tot de categorie incidentele sekser, gelegen-heidssekser, gezelligheidssekser of sociale sekser.

Onze kinderen kunnen we daarvan, hoewel ik dat soms wel degelijk doe, niet de schuld geven. Kinderen weten, als het goed is, überhaupt niet dat hun ouders een seksleven hebben. Ten eer-ste omdat kinderen niet weten wat seks is, ten tweede omdat ze het nooit zien. (Anekdote: een vriendin van ons lag ooit nogal luidruchtig van haar man te genieten toen haar zoontje van acht plots in de slaapkamer stond. Met een teiltje. De lieverd dacht dat mams ziek was.)

Ze weten dus ook niet wat ze verpesten.

Natuurlijk vergeet ik dat weleens. Als mijn vrouw en ik de hele avond al helemaal in de *mood* zijn en *du moment* dat we de daad bij het woord willen voegen, onze jongste het op een blèren zet of onze oudste op de slaapkamerdeur klopt (dat gelukkig nog wel) en met een zeikstemmetje komt zeggen dat ze niet kan sla-pen, kan ik het echt niet opbrengen om te bedenken dat zij het ook niet kunnen helpen. Ik had altijd al moeite met coitus inter-ruptus (nog een wonder dat ik maar drie kinderen heb) en van deze variant word ik dus echt heel narrig. En dan vinden ze het gek dat papa 's ochtends rondloopt met een chagrijnig smoel-werk waar de Boze Smurf nog een lachebekkie bij is.

Maar het probleem ligt natuurlijk niet alleen bij de kinderen. Het ligt ook aan hun moeders. Ik heb mijn licht eens opgestoken bij bevriende moeders én vaders (dat u niet denkt dat het aan mij en Naat ligt) en dat bevestigde mijn vermoeden: de vaders in mijn omgeving zeggen moeiteloos te kunnen switchen van hun liefhebbende vaderrol naar een rol als bevlogen, bronstige min-naar. Net zo makkelijk. Van z'n achteruit in z'n vooruit zonder te schakelen. Knop om en karren maar.

Vrouwen hebben daar moeite mee, en dat is een understate-ment van hier tot de Jonge Gezinnenbeurs. Op het moment dat u, terwijl u langzaam in hogere sferen begint te raken, plots wordt geconfronteerd met uw moederschap, dan zakt bij u de zin in de schoenen. Een boerende baby, een huilende peuter of een hoestende kleuter: het heeft hetzelfde effect op u als het orgasme op mannen heeft. Van 100 tot 0 in vijf seconden.

Ik kijk uit naar de dag dat mijn kinderen 's nachts doorslapen of, als ze wakker worden, gewoon, net als hun ouders, even naar de wc gaan, een glas water drinken en weer doorslapen. Nog een jaar of vijf, schat ik in. Dan is Lola vijfeneenhalf en Roos negen.

Jammer dat Eva tegen die tijd vijftien is en ik ieder moment van de nacht gebeld kan worden om haar op te komen halen van het Leidseplein.

No retreat, no surrender

Noem me een watje, maar als ik twee mannen samen in één microfoon zie brullen dat ze elkander ooit zwoeren dat ze bloedbroeders waren, dat ze dat nooit zouden vergeten, elkaar niet zouden verraden, nooit zouden opgeven — een half mensenleven nadat ze het voor het eerst samen zongen, en met eigen ogen zie dat er van deze onbezonnen, naïeve jongensbeloftes nog steeds geen woord gelogen blijkt te zijn, dan smelt ik.

Ik ben niet van de herenliefde, maar wel van de mannenromantiek. *No retreat baby, no surrender.*

Een tijdje geleden stonden ze er weer, wang tegen wang, in het Gelredome in Arnhem: Little Steven (58) en Bruce Springsteen (59). Ja, ik ben fan. Fan = bootlegs, T-shirts, foto's, ingelijste songteksten, screensavers, lijstjes met de mooiste oneliners, forums, kaarten kopen voor alle optredens die de bloedbroeders binnen een straal van 500 kilometer van mijn woonhuis geven.

Wie Springsteen nooit live heeft gezien, zal het licht nooit zien.

Wat maakt concerten van Bruce Springsteen and *the house-rocking, pants dropping brain shocking earthquaking booty shaking love making, sexifying, electrifying, women shrieking, grown men crying, legendary* E Street Band nu tot gebeurtenissen die een mens tot in het diepst van zijn ziel kunnen raken?

Natuurlijk, een concert van Springsteen duurt bijna langer dan het hele leven van Kurt Cobain, maar dat is het niet.

Natuurlijk, de songs zijn nog imponerender dan op de plaat, maar dat hebben meer artiesten. Natuurlijk, zijn teksten geven je het gevoel dat je in zijn leven bent gekropen, maar nee, wat een concert van Springsteen tot een sacrale dienst maakt, is iets anders.

Anders dan bij U2 heeft Bruce onder zijn fans amper nieuwe aanwas die de band voor het eerst live gaat zien. Anders dan bij Justin Timberlake komen er bij Bruce geen jonge meisjes die weleens live een nat broekje willen krijgen bij het aanschouwen van hun ster. Anders dan bij de Stones komen hier geen mensen voor de nostalgie. Bij een concert van The Boss komen mensen aan wie je ziet dat ze er ook in 2002, 1992, in 1988, in 1985 en soms al in 1978 bij waren en dat van elkaar weten en voelen, omdat ze alle rituelen uit kun hoofd kennen die bij een Springsteen-concert horen. Zoals die man die achter me stond die mijn armen tijdens 'Badlands' optilde en me vermanend 'handjes omhoog, hè?' toesprak. Bij een concert van The Boss zie je opvallend veel mannen van in de veertig, vijftig, alleen, waarschijnlijk omdat niemand in hun familie of vriendenkring begrijpt wat ze toch in die Springsteen zien. Wij wel. Het is zoals Bono ooit over hem zei: *They call him the Boss. But he's not the boss. He works FOR us.*

Ja, dit is een artiest zoals een artiest bedoeld is: mensen zich voor even intens verbonden met elkaar laten voelen, mensen voor even boven zichzelf laten uitstijgen. *Uplifting*, een mooier woord kan ik er niet voor bedenken. Bruce Springsteen, the E Sheet Band en hun publiek zijn het levende bewijs dat sommige songteksten over vriendschap en broederschap geen romantische tienerbeloftes, maar waarheid zijn en blijven, ook na dertig jaar.

No retreat baby, no surrender.

Stop de stopwoorden

Als zelfbenoemd opperhoofd van NightWriters dien ik mezelf af en toe op de hoogte te stellen van de lopende zaken bij de firma. Miranda van Nightwriters wist me te vertellen dat we op de Uitmarkt gaan optreden.

'Helemaal goed,' antwoordde ik.

'Joost Zwagerman, A.F.Th. van der Heijden, Herman Koch, Maarten Spanjer, Christophe Vekeman, Tommy Wieringa, Leon Verdonschot: allemaal komen ze,' vervolgde Miranda.

'Helemaal leuk,' was mijn antwoord.

'Je hebt een nieuw stopwoord, weet je dat?' zei mijn vrouw, toen ik de telefoon had opgehangen.

Ik keek haar aan als een op inbraak betrapt kamerlid.

'Helemaal leuk, helemaal goed, helemaal fijn...' zei ze meesmuilend. 'Daar moet je mee oppassen, hoor, dat komt een beetje dom over voor een schrijver.'

Voor de zekerheid heb ik mezelf op een streng stopwoorddieet gezet wat betreft het woord helemaal, zoals in 'helemaal fijn', 'helemaal leuk', 'helemaal goed', 'helemaal te gek', 'helemaal top', 'helemaal oké' of 'helemaal ruk' én heb ik een studie gemaakt van de geschiedenis van het stopwoord.

In het Brabant van de jaren tachtig kon er geen zin worden uitgesproken zonder dat het woord kei daarin figureerde. 'Ut was wir kaaigaaf op de kerremis, niewaor?'

En ik had destijds een vriendinnetje dat wel de meest irritante stopzin aller stopzinnen had: ze begon een zin met 'ik wil niet zeuren hoor, maar...' of 'ik wil me nergens mee bemoeien hoor, maar...' om vervolgens de grootste zeur- en bemoeizucht over me uit te storten.

In de rest van Nederland woekerden in de jaren tachtig stopwoorden als 'onwijs', 'waanzinnig', 'mega', 'dus' en het onzinnige 'qua'. Voorbeeld: 'En qua nieuw deze week in de Mega Top 50 op nummer 23 dus een onwijs lekkere nieuwe single "Billy Jean" van dat waanzinnig gave album *Thriller* van Michael Jackson.'

In de jaren negentig was ik in staat om mensen ritueel hun tong uit te rukken als ze stopuitdrukkingen bezigden als 'moet kunnen' en kreeg ik acute moordneigingen als ik iemand 'een stuk kwaliteitsgebeuren' hoorde uitkramen.

Als ik de laatste jaren in Breda kom, hoor ik volwassen mensen drie keer per uur het woord 'heppiedepeppie' in de mond nemen en hebben ze het over 'mijn momentje pakken' als ze iets triviaals doen als een sigaret opsteken, terwijl ik in Amsterdam hele volksstammen plots dingen niet meer gewoon slecht, erg of lelijk hoor vinden, maar 'stuitend slecht', 'stuitend lelijk', 'te erg' of 'te leuk'. En neem moderwetse stopantwoorden als 'dat wil je niet weten', 'boeien', 'nou, lekker dan' en 'absoluut'. Om maar eens een irritante stopzin te gebruiken: 'Dit gaat helemaal nergens meer over'.

Of wat te denken van mensen die iedere zin beginnen met de woorden 'ik bedoel', hem vervolgens larderen met totaal overbodige stoptussenvoegingen als 'gewoon', 'in feite', 'in wezen', en 'in principe' en hem eindigen met stopwoorden als 'hoor', 'weet je' en 'of zo'. En wat dacht je van nutteloze stopuitdrukkingen als: 'Ik ben niet zo van het', 'ik heb zoiets van' en de ergste: 'Het is een soort van...'

Mocht u nog irritante stopwoorden, stopuitdrukkingen en stopzinnen weten die bij wet verboden zouden moeten worden, stort uw hart uit.

Luister naar de stopwoorden die u zelf misbruikt, noteer de stopzinnen van disjockeys en presentatoren, lees de boeken van Kluun, die van stopuitdrukkingen aan elkaar hangen en kijk vooral naar de interviews met voetballers en wielrenners.

Zo. Dat is eruit en dat voelt helemaal fijn.

Reacties op Kluun.nl

Ikzelf

het kan toch niet zo zijn dat...
met alle respect maar...

......

Mireille

'Gaat lukken!' als in:
'Fijne vakantie he!'
'Gaat lukken!'

......

Nassi

supergaaf
superleuk
supermooi
echt super...

......

Bassem

Als mensen iets bevestigen of terugkoppelen met 'helder'.
'Ik ga even naar de snackbar.' 'Oké, helder!'

......

Juud

Welke ik het ALLERergst vind: een zin beginnen met:
'Ja sorry hoor, maar...'
Als het je spijt, zeg het dan niet en als het je niet spijt, zeg dan geen 'sorry'!

......

Bert

Heel erg vind ik een uitdrukking die in het bedrijfsleven nogal eens wordt gebruikt: 'De ... (meervoud van iets) van deze wereld', bijvoorbeeld: 'de Microsoften van deze wereld'.
O, en natuurlijk 'even schakelen met...', 'dat moeten we tackelen' en 'we moeten nu doorpakken en gas geven'.

Chris

Ik erger me groen en geel aan het woordje: OKE. Iedereen gebruikt het voortaan, vooral vrouwen, is me opgevallen. Krijg je het volgende gesprek: 'Mijn oma is overleden.' Mijn gesprekspartner: 'OKE...' Wat is daar dan zo OKE aan???

Aart

Het stopwoord van de week/maand/jaar: 'geweldig!!' Ik vind dat echt zo'n geweldig k.-woord. En ik heb een buurvrouw, best aardig mens en ze gebruikt geen stopwoordjes. Maar ze Legt Wel Op Elk Woord In De Zin Heel Erg De Nadruk En Dat Is Toch Wel Heel Erg Vermoeiend. Kan je dat ook als een vorm van stopwoordje zien?

Geachte heer Rouvoet

In de weken voor de Tweede Kamerverkiezingen hoorde ik vaak mensen uit mijn directe omgeving met verbazing vertellen dat ze de Stemwijzer hadden gedaan en op uw partij waren uitgekomen. Mij overkwam hetzelfde.

Blijkbaar staat de ChristenUnie voor een aantal zaken waar veel van mijn vrienden, kennissen en buurtbewoners (veelal dertigers en veertigers die van het goede leven houden, de meesten wonend in het hedonistische Amsterdam) waarde aan hechten.

Uw partij is mens- en vredelievend, zoals je mag verwachten van mensen die zich beroepen op de woorden van Jezus Christus (al zou daar wat mij betreft evengoed Boeddha, Plato, Martin Luther King, Nelson Mandela of Gandhi kunnen staan — alle grote der aarden die geloofden dat je in de wereld meer met liefde dan met haat bereikt).

Ik hoopte dat uw partij in de onderhandelingen tijdens de formatie in zou zetten op de portefeuille van Vreemdelingenbeleid en Integratie. Die behoeft wel wat menselijkheid en mededogen, daar mocht best een schepje barmhartige samaritaan in.

Helaas. In plaats daarvan zette u in de media breed in op een van uw stokpaardjes: een strafrechterlijk verbod op euthanasie. Waarschijnlijk omdat — corrigeert u me als ik het mis heb — ergens letterlijk in de Bijbel staat dat God dat niet wilde.

Ik ben voor legalisatie van euthanasie. De meeste verpleegkundigen en artsen in ziekenhuizen waar terminale patiënten liggen zijn ook voor. Onder ons gezegd en gezwegen, meneer Rouvoet: op terminale afdelingen van ziekenhuizen vindt euthanasie al op grote schaal plaats. Artsen en verpleegkundigen zoeken uit mededogen, bij juridisch gebrek aan beter, vaak hun toevlucht tot het langzaam verhogen van de morfinedosis bij mensen die ondraaglijk en uitzichtloos lijden. Dat is mededogen.

Toen *Komt een vrouw bij de dokter* vorig jaar in Duitsland uitkwam, omarmde de Duitse KWF, de Krebsgesellschaft, het boek direct. Ik heb vele lezingen gegeven in Duitsland, op congressen en seminars, georganiseerd door de Krebsgesellschaft. Als buitenlander kon ik dingen over *Sterbehilfe* roepen die in Duitsland nogal gevoelig liggen (de nazi's noemden wat zij deden 'Euthanasie').

Ik weet dat ik u niet kan overtuigen van het nut van euthanasie. Dat hoeft ook niet, ieder mens heeft recht op zijn of haar geloofsbeleving en overtuiging. Toch zou ik u zo graag laten ervaren dat euthanasie barmhartig is.

In een van de laatste hoofdstukken in *Komt een vrouw bij de dokter* laat Carmen euthanasie plegen. Dat hoofdstuk is wellicht het meest autobiografische deel uit het boek.

Ik weet nog hoe gelukkig mijn vrouw was toen ze, een week voor haar dood, alle formaliteiten rondom de euthanasie had geregeld met de huisarts. Om in haar woorden te spreken: 'Nu heb ik tenminste weer een keuze.'

Ik was erbij, meneer Rouvoet, toen mijn vrouw met een glimlach de dood tegemoet trad.

Mijn vrouw Judith prees zich gelukkig dat ze in Nederland woonde.

Volgende keer beter

'Goedemiddag, met InterBeheer.'

'Goedemiddag, hier spreekt Orlando Victoria tot u.'

'Meneer Victoria, waarmee kan ik u van dienst zijn?'

'Mijn dak ligt eraf.'

'Uw dak?'

'Ja. Aik kwam langs en nu ligt mijn dak eraf.'

'Aik?'

'Ja. Aik. Die orkaan.'

'O, Ike bedoelt u...'

'Ja, die. En nu bestaat mijn huis uit nog maar drie muren. Dus ik wil geld voor een nieuw dak, en mijn vloer is ook zeiknat.'

'En waar eh... woont u dan, meneer Victoria?'

'Op Sint Maarten.'

'Sint Maarten?'

'Ja.'

'Sint Maarten op de Antillen?'

'Ja. De bovenwindse. Saba, Sint Eustatius en Sint Maarten. Hebt u vroeger op school niet opgelet, mevrouw?'

'Jawel, meneer Victoria, maar eh... Ike is helemaal niet langs de Nederlandse Antillen gekomen...'

'...'

'Meneer Victoria? Bent u daar nog?'

'En Gustav?'

'Ook niet.'

'Hannah dan?'

'Nee.'

'Josephine? Kylie? Laura?'

'Nee, ook allemaal niet.'

'O. Dan bel ik volgend orkaanseizoen wel een keer terug.'

I am a born entertainer

Vergeet U2. Vergeet de Stones. Vergeet Madonna, Prince, DJ Tiësto, Frans Bauer en – voor héél even – Bruce Springsteen: Robbie Williams is de beste liveperformer van ons Melkwegstelsel.

Ik was met mijn zwangere Naat, vriend C. en zijn vriendin in de ArenA.

'Je zou er nicht van worden,' zei vriend C.

'Hij zou alles met me mogen doen, al stond jij erbij te janken,' zei zijn vriendin met troebele ogen.

'Zullen we 'm Robbie noemen als het een jongen wordt?' vroeg Naat.

Robbie ging als de brandweer in de ArenA. Plankgas. Vijftigduizend, voor het merendeel goedgeconserveerde dertigers, kwamen al bij het eerste refrein van 'Let me entertain you' collectief klaar. Nooit eerder in mijn toch niet flauwe carrière als concertbezoeker zag ik een heel voetbalstadion, tot aan de achterste rij van de tweede ring, sneller en makkelijker plat gaan voor een artiest. De luttele tachtig eurootjes per ticket hadden we er toen al uit. *Ladies and gentlemen, my name is Robbie Williams, this is my band, and for the next two hours your ass is mine.*

Er was geen woord te veel aan. Robbie pakt je in waar je bij staat. Als hij op het podium staat lukt het je gewoon niet níet van hem te houden.

Robbie Williams is het type man dat je als man af en toe zou willen zijn en als vrouw af en toe zou willen hebben. Een kruising tussen Pietje Bell en Prince Charming. Een zelfgecreëerd marketingconcept dat zichzelf nog het minst serieus neemt.

'This is what I do for a living. I am a singer, songwriter and a born entertainer,' liet hij ons weten voor zijn laatste toegift.

Elvis has returned to the building and his name is Robbie Williams.

(Amsterdam ArenA, 17 juli 2003)

Wraak op de Ramblas

Eric is een vriend van mij. Hij vertrok een jaar of twee geleden naar Barcelona en begon daar een bedrijfje in een branche waar wij Nederlanders kaas van hebben gegeten: fietsen. En dan niet fietsen in de zin van fietsen verkopen of repareren, neen, het leek Eric wel een goed idee om Barcelona op te zadelen met de ergste vorm van fietsen die er bestaat, een vorm waar zelfs Nederlanders compleet gestoord van worden: toeristisch fietsen door de stad.

In Amsterdam is het al jaren een plaag van een omvang waarbij de middeleeuwse builenpest in het niet valt. Levensgevaarlijk zijn ze, de groepen Japanners op rode fietsen die plotsklaps midden op de trambaan remmen om het monument op de Dam te fotograferen. Kuddes adolescente Spanjaarden die, na eerst een halve coffeeshop te hebben leeg gerookt, al slingerend voetgangers en trams in de Leidsestraat terroriseren.

Há, dacht Eric, ik zal ze hebben, die buitenlanders, en hij richtte BajaBikesBarcelona.com op.

Pas geleden was ik er met mijn vrouw en omdat ik vind dat je de levenskeuzes van je vrienden moet respecteren en daar waar mogelijk stimuleren, namen wij met acht andere Holandeses deel aan een Baja Bikes-tocht door Barcelona.

Ik heb me de pleuris gelachen. Met Eric als een slalommende skileraar op een gitzwarte piste voor de groep uit waren we een bezienswaardigheid tijdens het bezichtigen. Ik ben uitgelachen door winkelpersoneel, toegezwaaid door kinderen, gefotografeerd door toeristen en vervloekt door automobilisten.

Het deerde me niet. In drie uur tijd tientallen argeloze winkelende Barcelonezen de stuipen op het lijf jagen door ze op hun eigen Ramblas en Plaza Catalunya de sokken uit hun schoenen te rijden, dat voelde goed.

Eindelijk wraak.

Waarom mannen naar
de hoeren gaan

Snapt u wat mannen beweegt om naar de hoeren te gaan?

Ik wel en dat ga ik u vandaag proberen uit te leggen. Een schriftelijke cursus hoerenlopen voor vrouwen, waarin ik zal pogen enkele hardnekkige misverstanden over mannen & hoeren uit de wereld te helpen.

MISVERSTAND 1
'Ik ken geen mannen die ooit naar de hoeren geweest zijn.'

Dat klopt, want mannen praten niet over hoeren en als er vrouwen bij zijn al helemaal niet. U zult dus nooit uit de eerste hand horen hoe de vork echt in de steel zit. Toch raad ik u ten zeerste af om uw hand in het vuur steken voor een man die zweert dat hij nooit in een huis is geweest waar zelf meegenomen vrouwen niet mogen worden genuttigd. Daar kunnen lelijke blaren van komen. Zelf heb ik alles slechts van horen zeggen.

MISVERSTAND 2
'Als er voor seks betaald moet worden is er niks aan.'

Weet u nog dat u als kind in een snoepwinkel stond en maar niet kon beslissen waaraan u die twee kwartjes, die brandden in uw broekzak, zou besteden? Zoveel lekkers voor uw neus... Welnu, een bordeel is niet wezenlijk anders dan een snoepwinkel. Eén grote snoeptrommel, waar al het lekkers gewoon te koop is en je krijgt er niet eens gaatjes van. Bovendien belt snoep de dag erna niet om te vragen of je zin hebt om volgende week mee naar de verjaardag van moeder te gaan.

Ja maar, betaalde seks is toch hartstikke nep? Hebben mannen dan niet door dat die prostituees alles *faken*?

So what? Denkt u dat uw kapper écht geïnteresseerd is in wat u allemaal vertelt over uzelf? Of dat die aardige ober bij die fijne italiaan morgen nog weet of u nou op vakantie in Toscane of Calabrië was geweest? Boze tongen beweren zelfs dat veel vrouwen binnen het huwelijk ook weleens wat faken om ervanaf te zijn.

MISVERSTAND 3
'Mannen die er leuk uitzien hebben geen hoeren nodig.'

Mannen die het hardst roepen dat ze nooit zullen betalen voor seks en wier uiterlijk, zoals Gerard Reve het zo mooi zegt in *De avonden*, 'dermate afstotelijk is dat het niet bepaald uitnodigend tot geslachtelijk verkeer kan worden genoemd', die moet u uiteraard wantrouwen.

Maar de rest van de mannen ook. Even een rollenspel. Stel: ú bent een man en u ziet er best appetijtelijk uit. Niks mis mee. U hebt wat geld stuk te slaan en u hebt een vlotte babbel. Got the picture? Goed. Soms, zoals het een echte man betaamt, bent u zo bronstig als een holbewoner. Wat lijkt u efficiënter om de gemoederen in uw lichaam weer wat tot bedaren te brengen? De kroeg in met een voorhoofd waar de geslachtsdrift op geschreven staat en openingszinnen die in geilheid gedrenkt zijn? Of een discreet bezoek aan Huize Linda, Sauna Diana of Chez Desirée?

Dacht u nu werkelijk dat er in het bubbelbad van Yab Yum enkel dikbuikige bouwfraudeaannemers met vlezige onderkinnen zaten? Of dat er op de Wallen slechts dronken Engelse voetbalsupporters en aktentasambtenaren in smoezelige regenjassen lopen? Denkt u dat hoeren de godsganse dag niet anders doen dan mannen bedienen die eruitzien als Quasimodo, het Cookiemonster of Ruud Lubbers.

Dames, in bordelen treft u mannen in alle soorten en maten aan. Ja, óók de lekkere soorten en maten, wellicht met uitzondering van uw eigen partner.

MISVERSTAND 4
'Mannen kunnen best een tijdje zonder seks.'

Vrouwen zijn door de Schepper toebedeeld met een soort aan- en uitknop, waarmee ze in tijden van grote droogte hun seksualiteit weg kunnen struisvogelpolitieken. Bewust of onbewust, daar wil ik vanaf wezen, maar een paar weken of maanden net doen of het er niet is schijnt een koud kunstje te zijn voor vrouwen. Sommigen van u kunnen dat jaren volhouden, heb ik me laten vertellen, en als je goed kijkt, dan zie je het aan sommige vrouwen ook, want van geen seks word je hartstikke chagrijnig.

Bij ons ligt dat anders. Als wij geen of te weinig seks hebben, dan gaan we trekken. Het moet doorstromen, anders worden we nukkig. En de zaak verklontert.

Daarom trekken wij mannen ons een ongeluk als we relatieloos zijn.

Maar ook dat blijft behelpen. Canal Plus, spreadlegs.com, 0900–GEILDING en een ouderwetse *Candy* of *Chick* vervelen snel als je geen zestien meer bent en het haalt het niet bij de Tarzan en de Golden Torpedo die u als hulptroepen kunt inzetten.

Uw partner is vast niet zo oversekst als de 82 procent (onderzoek van de NVSH) van de volwassen mannen die hem nog geregeld door het vuistje laten gieren. Laat staan dat hij ooit behoefte zou hebben aan een vrouw met in rode lingerie verpakte wulpse vormen, die op klandizie zit te wachten voor een bedrag dat een avondje doorzakken met de maten nauwelijks overstijgt.

'Mannen die naar de hoeren gaan, komen thuis iets tekort.'

Astrid Nijgh zong het al: 'maar ik vraag toch ook niet aan
jou / waarom jij 't hier doet / en niet bij je vrouw / ach kom
nou / we doen wat we doen.'

Ik vertel u als vrouw van de wereld niets nieuws als ik stel
dat de trouw van uw partner in de gevarenzone komt als de fre-
quentie waarmee u elkander bestijgt lager komt te liggen dan
het aantal Champions League-rondes dat Ajax jaarlijks over-
leeft. Dat dit komt omdat de kinderen 's ochtends om zes uur
beginnen te blèren en dat dit u de lust in seks doet vergaan,
is volkomen begrijpelijk en zeer terecht, alleen jammer dat het
niets aan de mannelijke lustgevoelens verandert, indachtig misverstand 4.

Maar er zijn ook onschuldiger redenen waarom mannen
weleens een proefflacon prostitutie schijnen te gebruiken. Zo
schijnen er echtgenotes te zijn die niet altijd zin hebben om zich
even, zonder verder boe, bah of voorspel, te laten nemen op een
tijdstip en wijze die hem schikt. En u zult het niet geloven, maar
er zijn vrouwen die niet de hele dag in lingerie rondlopen, voor
het geval hun man eerder thuis mocht komen van z'n werk.

Aangezien schrijvers uit het oogpunt van veldonderzoek weg-
komen met prostitutiebezoek – we noemen Arnon Grunberg
(*Blauwe Maandagen*), Joost Zwagerman (*Vals Licht*), Ischa
Meijer (*Hoeren*) en zowat het hele oeuvre van Michel Houelle-
becq, Bret Easton Ellis, Herman Brusselmans en Charles Bu-
kowski –, durf ik ook wel een bekentenis te doen: ik heb gejokt
bij misverstand 1. Hoeren? *Seen it, done it, bought the T-shirt.*

Een echte hobby is het nooit geworden. Wist ik na mijn orgasme bij een onbetaalde (de wijn en het eten niet meegerekend)
onenightstand vaak al niet hoe snel ik de plaat moest poetsen,
de aankleedmomenten na het klaarkomen na een betaalde pot
seks zijn peniskrommend gênant.

'En,' hoorde ik mezelf eens vragen aan een prostituee, om de stilte tijdens het veters strikken na de daad te doorbreken. 'Moet je nog werken vandaag of ga je lekker naar huis?'

'En jij?' kaatste ze terug.

Dat was de laatste keer dat ik in een bordeel kwam.

Das Boot

De romantiek van het bezitten van een bootje is vaak bezongen.

Ik heb een boot/ haar naam is Anna/ en ze ligt hier in de sloot/ het is de allermooiste boot van allemaal/ en we gaan varen op het kanaal.

(Gebroeders Ko, 'Boten Anna (Ik heb een boot)')

Of wat dacht u van dit pareltje:

We hebben een woonboot, het ligt in de Amstel/ We hebben een schuitje/ het is ons ideaal/ en ben je een keertje bij ons aan de Amstel/ Kom dan in ons bootje gerust allemaal.

(Stef Ekkel, 'De woonboot')

Ja, ammehoela!

Ik heb het ene na het andere bootje gehad en neemt u van mij aan: er zijn maar twee dagen dat je blij bent dat je een boot hebt: de dag dat je hem koopt en de dag dat je hem verkoopt. Dat laatste heb ik overigens nooit meegemaakt – bij mij is ieder bootje dat ik tot dusver gekocht heb in hetzelfde vaarseizoen weer gejat.

Daarom heb ik nu een bootje in de categorie 'Hé, was die roestvlek vorige keer niet een stuk kleiner' en een derdehands motortje, dat op één middag meer geluidsoverlast veroorzaakt dan de hele aanleg van de Amsterdamse Noord-Zuidlijn.

Tot de standaarduitrusting van mijn boot behoort dan ook niet alleen een koeltas vol rosé, maar eerst en vooral een peddel. Zo ook afgelopen zondag.

Kluun, mevrouw Kluun en onze drie kleine Kluuntjes in de boot. Tassen, luiers, kinderwagen, drank, zitzakken en zwemvestjes, peddel en paprikachips, kip-, vlees- en selleriesalade en zonnebrillen aan boord. Een volksverhuizing van bijbelse proporties, maar ach, de zon glinsterde in de gracht, de kinderen zongen vrolijk dat we nog niet naar huis gingen, het water kabbelde rustgevend, het bootje tufte gemoedelijk door de Amsterdamse grachten: wat wil een mens nog meer?

Nou, bijvoorbeeld dat het motortje er dan niet mee stopt voor een vol terras bij de Oudezijdskolk.

'Hé Kluuntje, benzine op jongen?' Schaapachtig lachte ik naar de stuurlui aan wal, onderwijl hevig zwetend trekkend aan het touw in een hopeloze poging het ding weer aan de praat te krijgen.

'Kijk uit, anders verzuip je hem, of kan dat niet?' Mijn vrouw zit vol briljante adviezen.

'Ja, ik kan hem ook níét starten, dan verzuipt-ie zeker niet.'

Langzaam sloeg, kortom, de sfeer aan boord om.

En toen besloot Lola, onze tien weken oude dochter, alsof we niks beters te doen hadden, om honger te krijgen en het van nul op honderd op een krijsen te zetten dat tot in de haven van IJmuiden te horen moet zijn geweest. Het goede nieuws was dat mijn vrouw borstvoeding geeft. Het slechte dat we op dat moment door een grote feestboot met dronken vrijgezellige feestvierders werden ingehaald.

'Hé, kijk, tieten!'

'Hé, verrek, die gozer, dat is die schrijver van dat kutboek.'

'Ja, die Kleun!'

'Nee, Kluun heet-ie!'

'Ja! Kluun!'

'Kluuntje!'

En dan blijkt dat we een creatief volkje zijn. In luttele seconden was de tekst van een nieuw lied bedacht en ingezet.

Kluun heb een boot/ maar hij weet niet hoe die werkt die

idioot/ en zijn wijf zit daar met haar tieten bloot en zijn kop die
wordt nu als een kreeft zo rood.

Onze boot is te koop op marktplaats.nl

PS De Engelse landlord sir Bradley Aston Eldridge zei het al, tegen zijn zoon Patrick Lewis Aston Eldridge, toen laatstgenoemde in 1927 aangaf van zins te zijn in het huwelijksbootje te treden: *Son, if you want my advice: if it flies, floats or fucks, rent it.*

Niet naar Sensation

Ik heb mijn hele leven al een panische angst om een feest te missen. Zo ben ik er, met behulp van veel medicijnen en intensieve psychotherapie, net overheen dat ik Woodstock niet heb meegemaakt. Dat vond mijn moeder niks voor mij. Achteraf, toen ik de tv-beelden zag, was ik haar dankbaar: wat een kutweer! Het leek de zomer in Nederland wel. En die drumsolo's van Ten Years After en Jefferson Airplane konden me als twintiger ook al niet bekoren, dus ik vermoed dat ik me daar als peuter van drie ook stierlijk bij had verveeld.

Voor het eerst sinds jaren besloot ik dit jaar maar eens níét naar Sensation White in de ArenA te gaan. Dit keer was niet mijn moeder, maar mijn vrouw spelbreker.

Hoewel het afzeggen van feestjes ook haar sterkste kant niet is, had ze dit keer toch een punt. We dienden ons om zeven uur in de ochtend met het hele gezin op Schiphol te vervoegen, voor een vlucht van twaalf uur naar Curaçao.

En zo was ik voor het eerst sinds jaren op de ochtend na Sensation broodnuchter en stond ik op het onzinnig vroege tijdstip van kwart voor zeven in de ochtend vier koffers, vier maal handbagage, mijn kinderen, mijn vrouw en mezelf in een taxi te proppen.

Terwijl mijn kinderen toekeken, passeerde er een vrouw in een wit topje en een wit minirokje. Ze bewoog zich voort alsof ze zich zojuist op een afterparty van alle kanten door de voltallige bewakingsdienst van Sensation had laten uitwonen.

Onderweg richting Schiphol overal verdwaalde plukjes mensen in het wit. In de Lairessestraat een clubje jonge meisjes dat er in het begin van de avond waarschijnlijk nog fris en fruitig als Sophie Hilbrand uit had gezien, maar nu de indruk wekte dat ze hadden meegewerkt aan een wat uit de hand gelopen drugs-experiment van *Spuiten en Slikken*. Op Schiphol ontwaarden we een in het wit gekleed stel. De vrouw lag met bemodderde broekspijpen en lodderige ogen een dubbele Whopper te verorberen, de man slurpte een milkshake naar binnen met een blik die deed vermoeden dat zijn innamepatroon van die avond zelfs de dopingcontroleurs van de Tour de France nog met ongeloof zou hebben vervuld.

Ik zag mijn jongste dochter angstig naar het stel kijken. Ze hield mijn hand iets steviger vast.

'Papa, wat hebben die mensen voor een ziekte?' fluisterde mijn oudste dochter.

Ik nam me voor dat ik de kinderen bij het volgende feest waar Naat en ik naartoe gaan bij oma zou onderbrengen. Misschien beter dat ze niet zien dat papa en mama ook weleens in dezelfde staat verkeren als die gekke meneren en mevrouwen in het wit op Schiphol.

Katten

Ik haat katten. Kutbeesten vind ik het. Ze stinken, ze zeiken overal, ze krabben, ze luisteren niet en ze hebben een hekel aan mannen. Ik zweer het u: katten haten mannen. Het tragische is dat ze dat zelf ook niet kunnen helpen, het is aangeleerd gedrag. Situatieschets. *Boy meets girl.* Verliefdzoenneukfijnsamen. Na een jaar wordt het minder. En nog minder. En het gaat uit. Einde liefdesnestje, meisje blijft alleen achter op tweehoog in grote stad. Eenzaam, verdriet, tissues. En dan komt er een kat, als een uit de klauw gelopen chocoladereep, een verdrietdemper voor vergane liefdes (althans voor vrouwen, mannen gaan gewoon de kroeg in en zoeken een andere vrouw).

De kat weet niet wat hem overkomt. Lag hij tot voor kort samen met 24 broertjes en zusjes op een vierkante decimeter netjes te wachten tot een van de tepels van zijn moeder vrij was om even aan te lurken, nu wordt hij geknuffeld, krijgt blikjes zalmpasta en een plek in de slaapkamer. Ja, dan zou ik ook kapsones krijgen. En zo geschiedt. De verwende kat wordt een egocentrische etterbak. Het beest begint dictatorachtige trekjes te vertonen waar Idi Amin een puntje aan kan zuigen. De kat rules da house.

Ooit ontmoette ik een vrouw die na haar scheiding aan de kat was gegaan. Het hele huis stonk naar kat en ik zag het al toen ik binnenkwam: dit werd oorlog. 'Dit is Midas,' zei het meisje, alsof ze verwachtte dat ik het beest des huizes nu de hand zou schudden en mezelf zou voorstellen. Midas mocht mij niet, zag mij als een indringer – en terecht, daar kwam ik ook voor –, maar elke poging tot vozen op de bank werd door Midas tenietgedaan door zich tussen ons in te nestelen, gestimuleerd door een vertederd 'Ah, kijk nou, wat lief, Midas is jaloers...' van het baasje.

Mijn prille relatie met het baasje bereikte reeds op de ochtend na de eerste nacht een diepte- en eindpunt toen Midas, vanuit zijn (blijkbaar) vaste plek aan het voeteneinde van het tweepersoonsbed, plots een bobbel in de vorm van mijn ochtenderectie onder het dekbed ontwaarde en volledig onverwacht de aanval inzette. Een IKEA-dekbed is niet bestand tegen de nagels van roofdieren. 'Die tyfuskat de slaapkamer uit of ik!' schreeuwde ik. U raadt de afloop.

Niet lang na deze traumatische ervaring zag ik bij het schap met kattenvoer in de supermarkt twee dames druk met elkaar in conclaaf. 'En wat zullen we voor het katje kopen?' hoorde ik de een tegen de ander zeggen.

'Wat dacht u van een hakbijl?' mompelde ik.

Beijing 2008

De Olympische Spelen 2008 zijn voorbij. De Chinezen hebben meteen na de sluitingsceremonie de muur weer opgebouwd en het land weer op slot gedaan. Af en toe gaat er een poort open om een partij door nijvere kinderhandjes in elkaar gezette Nike-schoenen door te laten op weg naar de prijsbewuste westerse consument en dan drinken we een glas, we doen een plas en alles blijft zoals het was in China.

Maar wat kan ons het bommen, onze Olympische jongens, of vooral meisjes, zijn veilig huiswaarts gekeerd met een doos vol medailles. Dat watermanagementbeleid van onze kroonprins begint zijn vruchten af te werpen. Elke sport waar ook maar een beetje water aan te pas kwam, was een kolfje naar onze hand. Roeien, zeilen, binnen zwemmen, buiten zwemmen, waterpolo, je kon het zo gek niet bedenken of onze ferme Oranjesporters stonden op dat podium. En mocht Nederland de komende jaren onder water lopen en we voortaan zwemmend naar school gaan, waterfietsend naar kantoor en roeiend naar de crèche, dan winnen we in 2012 in Londen alles met sporters die tegen die tijd half mens, half vis zijn.

Een hoge zeespiegel staat garant voor een hoge medaillespiegel.

Toch moest ik even wennen aan al die watersporten. Voorbeeld. Je hebt fietsen en waterfietsen. Je hebt scooters en waterscooters. Ballet en waterballet. Dus neem het mij niet kwalijk dat ik dacht dat waterpolo hetzelfde als polo was, maar dan met zeepaarden in plaats van gewone paarden. Maar wat blijkt: er komt geen paard aan te pas! (Hoewel, die nummer zes van de

Verenigde Staten, poeha... Af en toe hinnikte ze nog ook, als je goed luisterde.)

Waterpolo is gewoon handbal in het water met gekke petjes op, en om de tegenstanders het scoren te beletten trek je niet, zoals bij handbal, hun arm uit de kom als ze willen gooien, maar je knijpt ze onder water stiekem, al naar gelang het geslacht, in scrotum of schaamlip. Nee, dat waterpolo is om den drommel geen sport voor watjes en nu zijn we daar ineens Olympisch kampioen in, en niet na een finale tegen Mozambique of Guatemala. Als je finales speelt tegen de Verenigde Staten, China of Rusland: dan weet je dat dit een sport is die ertoe doet. De US met zilver naar huis sturen is toch iets serieuzer dan voor de vierendertigste keer het WK korfbal winnen van België of de Olympische titel dwergwerpen tot 34 kilo wegkapen voor de neus van Bhutan.

Maar ook de medailles aan land waren niet te versmaden, al begreep ik soms geen ene fuck van wat ze aan het doen waren. 'En ja, koka! Of is het een yugo? Nee, hij geeft een waza-ari! Wat zeg ik: ippon! Deborah Gravenstijn gaat naar de finale door ippon!' Schiet mij maar lek.

En dan die hockeydames, dat was een drie weken lang durende Holland-promo. Als Fatima Moreira de Melo, Ellen Hoog en Wieke Dijkstra in beeld verschijnen, dan heb je geen handelsdelegaties meer nodig. Die kekke pakjes, die heerlijke bezwete hoofden, die blonde manen: dit zijn de moderne Frau Antjes en ze kunnen, in tegenstelling tot voetballers, nog uit hun woorden komen ook.

Komen we bij de smet op onze medaillewinnaars: dat paard van onze gouden-medaillewinnares Anky van Grunsven, die Salinero. Die is verdacht. Dat is nu een glanzende zwarte hengst met spierbundels als staalkabels en benen als heipalen; maar het kan niet anders dan dat die de komende weken alsnog op het gebruik van verboden middelen wordt betrapt. Ik ken hem nog van vroeger, van de televisie, die Salinero, en toen liep hij met zo'n eierdopje op zijn hoofd te zaniken van 'het is niet eerlijk want zij zijn groot en ik is klein' en dan zou dat zeikkuiken van toen nu ineens tot een hengst zijn uitgegroeid die goud wint op de Spelen? Erica Terpstra op een houtvlot!

Sluiten we af met de grootste prestatie van de Olympische Spelen: Maarten van der Weijden. Dit vertelde zijn moeder in een interview met *de Volkskrant*. 'Hij belde op en zei, mam, weet je nog toen ze zeiden, je hebt kanker. Toen dachten we, dit kan niet waar zijn. Dit voelt precies hetzelfde, maar toen was het een nachtmerrie, nu is het een droom.'

Ooit, na zijn eerste Tour de France-zege, zat Lance Armstrong bij David Letterman en vertelde daar zijn verhaal. Teelbalkanker overwonnen en daarna de Tour gewonnen. Letterman keek na afloop in de camera en sprak geëmotioneerd de woorden die zo op Maarten van der Weijden hadden kunnen slaan: *'Never give up. Don't you dare to give up. Look at this man. Never ever give up.'*

Paralympics

Tot voor kort bestonden gehandicapten helemaal niet in China, maar ter gelegenheid van de Paralympics werden alle demonstraties waar rolstoelgebruikers over zouden kunnen struikelen verboden. Boze tongen beweren dat er zelfs hier en daar een arm of been werd geamputeerd van sporters die op de gewone Olympische Spelen net tekort kwamen voor de medailleplaatsen.

Ik werd er een beetje lacherig van, van die hele Paralympics. Bij de Spelen voor ~~gewone normale hele volgroeide~~ valide sporters mag nog geen paracetamolletje worden gebruikt of men is voor het leven geschorst; bij die Paralympics worden hele stellages aan mensen vastgeschroefd zonder dat er een haan naar kraait.

Een rolstoel van de hardrollers kost meer dan de hele ontwikkeling van de Joint Strike Fighter. Als ik zie hoe snel een rolstoelloper zich in zijn stoel hijst, is het alsof ik naar de lancering van de spaceshuttle kijk. En al lijken die hardloopbenen op het eerste gezicht gewoon van die plastic ballengooiers waarmee je hondenliefhebbers weleens voor lul ziet lopen in een bos, *make no mistake*: aan die polytheen *carbon fiber legs* van de hardlopers is langer gewerkt dan aan die machine waarmee wetenschappers onder het Meer van Genève botsautootje voor gevorderden spelen.

Ik begrijp de Paralympics ook niet. Wie moet er nu tegen wie en wie bepaalt dat? Als je één been hebt, mag je dan alleen tegen ander mensen die ook maar één been hebben? Of staat het missen van een been gelijk aan het missen van anderhalve arm? Zijn daar vastgestelde wisselkoersen voor en door wie zijn die vastgesteld? De Europese Centrale Bank? Monty Python's Ministry of Silly Walks?

Bij de gewone Olympische Spelen word je voor judo, boksen, gewichtheffen, dwergwerpen — al naar gelang je geslacht en gewicht — ingedeeld in een gewichtsklasse waarin je strijdt tegen sporters met hetzelfde postuur en lichaamsbouw. Sommige paralympische sporters verdenk ik ervan dat ze vlak voor de Spelen nog maar een arm of been hebben af laten zetten om in een klasse terecht te komen waarin ze meer kans denken te maken.

Maar wanneer is iets een handicap? Wat is het verschil tussen vlinderslag en borstcrawl wanneer je maar één arm hebt? Waarom is het überhaupt een handicap als je met hardlopen maar één arm hebt? Dat scheelt toch in de luchtweerstand, of op zijn minst in gewicht? Ik snap niet dat normale hardlopers daar niet eerder op zijn gekomen.

En iets anders: hoe weet je bijvoorbeeld zeker dat iemand echt blind is als-ie dat zegt? Of dat iemand werkelijk een geestelijke handicap heeft? En wanneer ben je leip genoeg om binnen die norm te vallen? Als je ambulancemedewerkers aanvalt? Als je je op televisie levend laat begraven in een doodskist? Of als je de boeken van Kluun beter vindt dan die van Tommy Wieringa? Schreeuwt die indeling niet om fraude? Ik zweer het u: geef mij een paar seconden en ik kan mijn gezichtsuitdrukking en armbewegingen zo transformeren dat ik niet van een lid van de Josti-band ben te onderscheiden.

In huize Kluun leidden de Paralympics tot een nieuw gezelschapspel: wie het eerst op de sportfoto's in de krant kon ontdekken wat de handicap van de sporter in kwestie was, won. Vooral mijn oudste dochter was er een kei in, al wist ze niet aan welke sport die mevrouw deed, van wie ze dacht dat ze een hersenbloeding had gehad. Ik heb haar uitgelegd dat dat geen sportster was, maar dat mevrouw Verdonk altijd zo kijkt als ze over buitenlanders praat.

Pril geluk

Het was guur in het Vondelpark. Ik was aan het rennen toen ik hen in de verte spotte. Ze liepen gearmd. Toen ik dichterbij kwam, zag ik dat hij een pak droeg dat mijn vader *sjiekdefriemel* zou noemen en zij een mantelpakje dat je koopt in winkels die op hun etalageruit BETAALBARE EXCLUSIEVE DAMESMODE hebben staan.

Hij was vet in de zeventig en zij kon haar tramabonnement ook al jaren met fikse korting aanschaffen. Ze giechelden en hielden samen een lint vast, waaraan een grote, rode ballon was vastgeknoopt. Toen ik het stel passeerde zag ik wat erop stond. JUST MARRIED.

Het werd een paar graden warmer in het Vondelpark.

Verantwoording

De afgelopen vijf jaar publiceerde ik een kleine vijftienhonderd artikelen, zin en onzin op kluun.nl en schreef ik columns voor o.a. *AD*, *Red*, *Viva Baby* en *VT Wonen*. Sinds juli 2007 lees ik wekelijks een radiocolumn voor op 3FM, bij Giel Beelen. Voor dit boek is een selectie gemaakt uit al deze oprispingen.

Zoals u van mij gewend bent, heb ik waarheid en verzinsel opnieuw aardig door elkaar gejokt, op dusdanige wijze dat ik er zelf in ben gaan geloven. De verhalen in dit boek zijn deels waar gebeurd, deels ontsproten aan mijn fantasie en deels afkomstig van vrienden. Volgens goed Kluun-gebruik heb ik schaamteloos passages gewrampled van cabaretiers, schrijvers, stripfiguren, acteurs, bloggers, vrienden, vriendinnen en andere mensen wier toestemming ik daarvoor niet heb gevraagd.

'Vriendinnenclubjes', 'Vierenveertig', 'Veinsvaders', 'Vrouwen kunnen niet adoreren', 'Herfstdepressies', 'P-night', 'Hoe je', 'Vijf jaar later', 'Haar bij haar en haar bij hem', 'Schoenfetisj', 'Een cursus mannen in tien boeken', 'Uitzichtloos', 'Kluun is uit', 'De ins en (vooral) outs van een au pair', 'Coming out', 'Mijn kaart begrijpt me niet', 'Kluuntje in Europa', 'Zeurallergie', 'Onze kampeerbungalow©', 'Coitus interruptus' en 'Waarom mannen naar de hoeren gaan' verschenen eerder in *Red*.

'Vliegtuigterroristen' schreef ik voor *Viva Baby*.

'De ontdekking van de liefde' en 'Wraak op de Ramblas' werden eerder gepubliceerd in *AD*.

'Mr. Cool', 'Betreft: sollicitatie', 'Culturele verzetsdaad', 'De Vergeelde Boekenlegger' 'Hallo, ik ben Johan', 'Houvast', 'Eén dag Kamal', 'Opzij', 'De kunst van het converseren', 'Boekenbal', 'I am a born entertainer', 'Geachte heer Rouvoet' en 'Volgende keer beter' zagen het licht op kluun.nl.

'Van leven ga je dood', 'Een nieuwe auto', 'Dumpen', 'Live Earth', 'Ibiza', 'Lilleke meense', 'Ioooo ioooo ioooohooo', 'D'n heiligen Valentinus', 'Ode aan carnaval', 'Neologismen', 'Zeikpop', 'No retreat, no surrender', 'Stop de stopwoorden', 'Das Boot', 'Niet naar Sensation', 'Beijing 2008' en 'Paralympics' las ik voor bij Giel Beelen op 3FM.

'Tijger & Tijger' schreef ik voor *Doggymag, Lifestylemagazine voor jou en je hondje* (echt, zo heet het).

Het omdraaien van het telemarketingscript in 'Een prettige avond nog, meneer Snijders' is gebaseerd op een idee van kunstenaar Martijn Engelbrecht (www.egbg.nl).

Het verscheen eerder in de bundel *Het beste van NightWriters*, net als de verhalen 'Mee ons mam', 'Vrouwen kunnen niet adoreren' en 'Katten'.

'Gastronomisch gehandicapt' schreef ik voor *Hide and Chic* en verscheen tevens in *Het beste van NightWriters*.

'Een ode aan de schuttingtaal' las ik voor bij Giel Beelen op 3FM en werd ook gepubliceerd in *Het beste van NightWriters*.

'Roze maandag' werd eerder gepubliceerd in BN *De Stem*.

'Neefje' stond oorspronkelijk in *Citroen Icône*.

'Opruimen' en 'Een nep-afzuiginstallatie' verschenen in VT *Wonen*.

'Een groenige teint' schreef ik voor het magazine van wijnhandel Pasteuning in Amsterdam.

'De Tien Geboden van het voetbal kijken' verscheen in de EK-editie van *De Telegraaf*.

'Middeleeuws' stond als ingezonden brief in *de Volkskrant*.

'Zestienduizend dagen lang' schreef ik voor WIT *Wedding*.

Delen uit het verhaal 'Tien procent' verschenen eerder in *Red* en *Viva*.

'Pril geluk' maakte deel uit van de tentoonstelling 'Poëzie in het (Vondel)Park', in het kader van Amsterdam Wereldboekenstad.

'Meestal valt het tegen' is niet eerder gepubliceerd. Enkele (de beste) grappen in dit verhaal komen van Maarten Spanjer.

'Betreft: sollicitatie' is gebaseerd op een bestaande brief van Christophe Vekeman ('Brief aan Martine'). René Tishauser hielp mee Christophes brief om te bouwen tot een sollicitatiebrief.

Engin Celikbas, Michiel Frackers, René Tishauser, Marcel Pantera, Marcel Krakeel, Tom Esponisa, Marco Stolk, Dave Nelissen, Don Kouwenhoven, Kurt Hessels en Raoul Kuiper droegen ideeën aan voor 'De Tien Geboden van het voetbal kijken'.

Mijn moeder en vooral mijn vader zijn een onuitputtelijke bron voor anekdotes, gezegdes en verhalen uit en over Tilburg. Mijn moeder kan overigens wel koken.

De websites devergeeldeboekenlegger.nl en lillekemeense.com, de bijbehorende logo's én het logo Stop Zinloos Geweld Bij Bevallingen zijn gemaakt door Artmiks [image builders].

Met dank aan oud-*Red*-redacteuren Evelien van Veen en Ben Min; Iwan, Astrid en Giel van 3FM; Krijn van Noordwijk, *Opzij*, Jan Oldenburger, Mark Kohn, Herman Poppelaars, Michel Porro, Eric van den Elsen, Artmiks, Jean-Marc van Tol, Miranda Bruinzeel, Naat, mijn onvoorstelbaar erudiete uitgever Joost Nijsen en mijn favoriete redacteur Harminke Medendorp.

O, en kom een keer naar NightWriters. www.nightwriters.nl.

Night Writers

The Art of Writing

Raymond van de Klundert (1964), kortweg Kluun, debuteerde met *Komt een vrouw bij de dokter*. Van deze roman en de opvolger *De weduwnaar* werden meer dan een miljoen exemplaren verkocht. De boeken verschijnen in 28 landen in vertaling. Zijn satirische zelfhulpboek *Help, Ik heb mijn vrouw zwanger gemaakt!* ligt bij meer dan 125.000 aanstaande vaders op het nachtkastje.

Kluun schreef columns voor o.a. *Red, AD, Viva Baby, VT Wonen* en voor de ochtendshow van Giel Beelen op *3FM*. In 2006 zette hij NightWriters op, Stand Up Writing-avonden waarmee hij in Amsterdam en in het land optreedt. Kluun woont met zijn vrouw en drie dochters in Amsterdam.